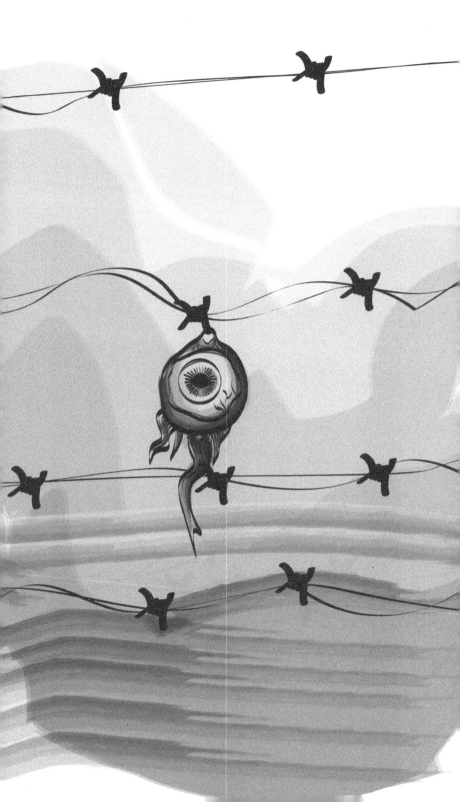

Dezessete MORTOS

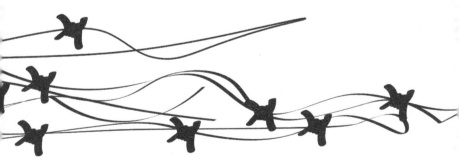

NIKELEN WITTER

DEZESSETE MORTOS

Prefácio de
Camila Fernandes

1ª Edição
2020

Copyright ©2020 Nikelen Witter
Todos os direitos dessa edição reservados à AVEC Editora.

Nenhuma parte desta publicação poderá ser reproduzida, seja por meios mecânicos, eletrônicos ou em cópia reprográfica, sem a autorização prévia da editora.

Editor: Artur Vecchi
Diagramação, projeto gráfico e capa: Luciana Minuzzi
Revisão: Increasy Consultoria Literária

Dados Internacionais de catalogação na Publicação (CIP)
(Câmara Brasileira do Livro, SP, Brasil)

W 829
Witter, Nikelen
    Dezessete mortos / Nikelen Witter. – Porto Alegre : Avec, 2020.

    ISBN 978-85-5447-036-4
        1. Contos Brasileiros   I. Título

                                                CDD 869.93

Índice para catálogo sistemático:
1. Contos : Literatura brasileira 869.93

Bibliotecária Responsável: Ana Lúcia Merege CRB-7 4667

1ª edição, 2020
Impresso no Brasil/ Printed in Brazil

AVEC Editora
Caixa Postal 7501
CEP 90430-970 – Porto Alegre – RS
contato@aveceditora.com.br
www.aveceditora.com.br
Twitter: @aveceditora
Instagram: /aveceditora
Facebook: /aveceditora

Para Guto e Miguel.

Sumário

Dezessete Mortos 20
Passando pelo Rincão dos Infernos em direção
ao Passo das Enforcadas 30
Embornal dos olhos 48
Excertos do Livro de Judite 66
O terror dos teus inimigos 74
Ipifânio 96
Imagem inversa 106

PREFÁCIO

Se nada mais der certo, ainda posso dizer que 2018 chegou ao fim com uma leitura deliciosa, do tipo que já arranca da gente um suspiro saudoso ao terminar. Essa foi a primeira coisa que pensei depois de ler os contos que compõem *Dezessete Mortos*.

Quem já conhece os textos de Nikelen Witter — como o romance infanto-juvenil *Territórios Invisíveis* (AVEC Editora, 2017) e *Guanabara Real: A alcova da morte* (idem), aventura escrita a seis mãos com A. Z. Cordenonsi e Enéias Tavares, que mistura investigação criminal, horror sobrenatural e mecanismos steampunk — já imagina o que esperar da autora: uma narrativa ágil e madura, que não perde tempo com ninharias, mas tampouco se furta a detalhes relevantes e saborosos.

Aqui, você encontrará sete contos que não se contentam em fazer jus a essa expectativa, preferindo superá-la. Boa parte se passa no sul do Brasil, com elementos que Nikelen, historiadora, colheu no armário dos causos, lendas e episódios históricos. Os regionalismos dão um tempero especial às histórias, sem criar um sabor obscuro demais para o leitor de outras paragens.

Além desses romances, a autora publicou febrilmente em coletâneas de contos nos últimos anos, transitando por temas que passam por folclore e fato, crime e encanto, acrescentando a cada um as notas do mistério e da perturbação. Nestes contos, tais notas são exaltadas. Afinal, estamos diante de histórias de terror.

O terror de Nikelen não é o dos sustos e banhos de sangue cinematográficos, mas de uma inquietação sinistra; esta é cria do inexplicado ou inexplicável, que monta tocaia em ruas escuras, sumidouros e descampados, foi incubada nos cantos ocultos do coração e, de quando em quando, eclode em despeito, pavor, ódio e guerra. O texto flui como sangue e não coagula.

Fiquei honrada ao receber o convite para escrever o prefácio deste livro e deliciada por lê-lo. Meu desejo é que você possa degustar sua leitura na mesma medida.

Camila Fernandes, autora de *Reino das Névoas — contos de fadas para adultos, Contos sombrios* e *A noite não me deixa dormir.*

INTRODUÇÃO

Desde 2011, tenho publicado contos em diversas coletâneas. Comecei na época do *boom* das pequenas editoras, quando várias delas passaram a propor temas e fazer seleções para publicação. Depois de algumas dessas, comecei a receber convites para coletâneas fechadas, em geral com grupos de autores que começavam a se firmar no cenário da literatura fantástica nacional.

Essa trajetória deu origem a uma grande quantidade de material que acabou ficando disperso em inúmeras publicações e plataformas. Muitas dessas coletâneas, inclusive, já estão esgotadas. Assim, surgiu a ideia de reunir essas histórias, dando a elas um rosto pessoal e não mais os das obras em que elas figuraram. Os editores com quem trabalhei, fizeram, todos, a gentileza de liberar os contos para essa empreitada pessoal de organizá-los em uma única publicação.

Não considero, contudo, que todas as histórias aqui reunidas sejam *contos*, no sentido clássico do termo. Muitas se constituem mais como histórias curtas. Pequenos passeios em torno de lendas populares, bem como histórias que ouvi de meus pais ou que encontrei dispersas nos arquivos em que trabalhei como historiadora.

Reunir esses contos tem menos o objetivo de publicá-los, do que de uni-los e observar o seu conjunto. Nesse processo percebi que, de fato, esses contos tinham vertentes e estruturas bastante diferentes. Todos juntos criavam uma música por demais dissonante e eu precisaria separá-los em subconjuntos com alguma coesão.

De primeiro, saltou à vista o fato de que muitos contos tinham em comum um cenário: o Sul do Brasil. No passado ou no presente, o Sul apareceu aí como inspiração, como clima, como linguagem. O conjunto, porém, mostrou ainda uma outra unidade: o terror. Todos os contos, de alguma forma, exploram as facetas em que o fantástico leva à apreensão, ao medo, à dificuldade de se digerir (porque o terror atua nas entranhas) o sobrenatural e o extraordinário.

É certo que o Sul como cenário para contos fantásticos não é nenhuma novidade. O grande Simões Lopes Neto fez uma das mais relevantes obras da literatura brasileira com o seu *Contos Gauchescos e Lendas do Sul.* Modernamente, essa senda tem seguidores como Tabajara Ruas e Simone Saueressig.

Mas por onde ficaram dispersos até agora os contos aqui reunidos? *Excertos do Livro de Judite* é um conto que só foi publicado em blog online e faz parte de um projeto de, no futuro, contar toda a história dessa mulher e de tudo o que ela causou.

Embornal dos Olhos foi publicado na coletânea *Quando o Saci Encontra os Mestres do Terror* e faz uma dupla homenagem: a Edgar Allan Poe e a Simões Lopes Neto. O Terror dos Teus inimigos foi publicado na coletânea História Fantástica do Brasil — Guerra dos Farrapos. Essas duas coletâneas estão no catálogo da Editora Estronho, sendo que ambas se encontram esgotadas em publicações físicas e Guerra dos Farrapos não foi publicada em plataforma virtual.

Ipifânio foi selecionado e publicado na coletânea Assombros Juvenis IV. Essa coletânea faz parte de uma iniciativa muito legal da AGES (Associação Gaúcha de Escritores) e da Confraria das Reinações para levar literatura aos mais jovens, apostando no suspense, no fantástico e no terror.

O conto que dá nome à coletânea, Dezessete Mortos, apesar de escrito há muitos anos, numa súbita inspiração, somente foi publicado em 2017, no livro Sussurros da Boca do Monte (AVEC Editora, 2017), organizado por Jéssica Dalcin da Silva.

Um dos meus contos favoritos, nesse conjunto, nasceu em uma experiência literária. O conto — inspirado em uma localização geográfica do Rio Grande do Sul — Passando pelo Rincão dos Infernos em direção ao Passo das Enforcadas foi escrito durante uma noite de confinamento, com outros escritores, na Livraria Athena em Santa Maria, RS, num evento paralelo à Feira do Livro: Noite Alucinante. Mais tarde, este conto veio a ser publicado na Revista Trasgo.

Já o conto Imagem Inversa foi publicado no pulp Crimes Fantásticos, obra com que a — já saudosa — Editora

Argonautas homenageou Rubens Francisco Luchetti, o maior autor pulp do Brasil.

Sendo contos já publicados, senti necessidade de compor essa introdução também para fazer um agradecimento imenso às editoras com quem tive o prazer de trabalhar nesses dez anos em que tenho me dedicado à escrita fantástica. A Editora Estronho, de Marcelo Amado; a Editora Argonautas, de César Alcázar e Duda Falcão; a AVEC Editora, de Artur Vecchi e a Editora Draco, de Erick Santos, foram mais que parceiros nesse tempo. Foram e são grandes amigos para mim e para a Literatura Fantástica nacional.

Também agradeço fortemente aos meus amigos do grupo Luminosos. Nos unimos nos fóruns da internet, e eles se tornaram leitores de minhas fanfics e depois de cada um dos contos que fui publicando. Gracias por todas as filas que vocês fizeram apenas para provocar inveja de outros autores iniciantes como eu, mesmo que todos já tivessem lido duas ou três prévias de cada um desses contos. Só amor justifica isso. E eu os amo muito.

Por fim, agradeço às minhas lindas agentes da Increasy Consultoria Literária pelo apoio, leitura e auxílio na produção dessa coletânea.

Nikelen Witter.

Um olho pesado

de quem vê nua

a alma da gente

DEZESSETE MORTOS

Eulália sabia o que queria quando foi procurar a negra velha. Tinha saído do rincão logo depois do almoço, deixando as lides nas mãos da filha. Foi caminhando. Não tinha charrete, nem cavalo. O burro estava auxiliando ao marido na rocinha de mandioca, que era a única coisa que tinham, além do rancho e do próprio animal. A distância era grande até os arrabaldes da vila, mas não importava. Tinha um maço de dinheiros entre os seios, um xale nas costas e uma cara tão resolvida, que até os vizinhos mais chegados não tiveram ousadia de pará-la para conversar.

Em todo o caminho, ela foi pensando e repensando no que faria para convencer a preta. Nos detalhes do pedido, se teria de pagar mais e como faria para conseguir o dinheiro. Não houve instante em que pensasse em voltar a trás. Não houve instante de medo, nem de misericórdia. A vontade de Eulália já era mais forte que ela. Vinha de anos de uma raiva muda.

A velha negra Maria era forra e morava num rancho de pau a pique não muito longe do centro da vila. Sinal de prestígio, sabia Eulália. Em outro caso, já a teriam enxotado dali. Mas, sendo a negra quem era, chamada para curar gentes em toda a região, a Câmara lhe doara um terreno para viver, sem que se desse muito esclarecimento ao caso. Eulália sabia o porquê. Quase todos os filhos dos vereadores tinham sido partejados pela negra Maria. Ela cuidava de gente e de bicho melhor que qualquer prático. E ainda tinha a antiga senhora dela, mulher de influência, como poucas são, e que era proprietária da casa em que a Câmara ficava. Os vereadores deviam muita obrigação para as duas, então, o terreno era coisa pouca.

Ela ia pesando tudo isso enquanto decidia que não precisava chegar escondida à casa da preta. Se perguntassem por que uma mulher branca, já passada da idade de ter filhos, estava indo lá, responderia que fora em busca de um chá para dor no peito, ou um unguento para tirar a dor das pernas. Ninguém estranharia, pois a preta Maria dominava todas essas coisas.

Quando saiu da sombra das árvores que margeavam o caminho, viu a outra mulher de longe, sentada em frente ao rancho, enrolando um pouco de fumo picado numa palha de milho. A preta era baixinha e usava saias escuras e chinelo de madeira, porque não era mais escrava. Na cabeça ia um lenço de florezinhas azuis, por onde se vinham os cabelos já branqueando. O rosto redondo de quem já fora mais pesada e agora ia descarnando com a idade, tinha olhos aquosos e tantas rugas quanto eram seus anos de trabalho ao sol e à chuva.

Eulália segurou o xale com força em torno do corpo e caminhou com mais firmeza, pois a negra tinha um olho pesado de quem vê nua a alma da gente e agora ela mirava Eulália bem no fundo.

— Tarde — falou.

— Tarde — respondeu a negra velha.

— Eu vim falar com vosmecê.

A negra Maria piscou umas duas vezes, antes de responder.

— Eu não faço isso.

— Eu nem disse o que queria — reclamou Eulália.

— Mas eu não faço.

Eulália respirou forte enquanto olhava em torno. Maria estava velha, tinha pouco, quase nada.

— Eu pago bem — disse Eulália com convicção.

Havia piedade no rosto da negra quando ela levantou do banquinho de três pernas e encarou a outra.

— Vosmecê pode usar esse dinheiro de melhor jeito. O marido de vosmecê decerto...

— Quem lava roupa pra fora sou eu. O dinheiro é meu.

— Foi então que lhe subiu um desespero e Eulália acabou chegando mais perto da negra que cheirava a fumo e ervas.

— Por favor, Maria.

— Já faz anos, Eulália. Peça consolo a Deus e esqueça isso.

— Deus! — Eulália só não cuspiu porque sua amargura ainda não matara o medo que tinha, desde menina, de ir para o inferno por causa de uma blasfêmia. — Se Deus se ocupasse de gente pobre, não tinha deixado aquele demônio matar meus dois meninos.

— Era guerra, Eulália. Em tempo de guerra, homem não se porta que nem gente, se porta que nem bicho. Deixa assim. Deus vai julgar — ela disse dando um tapinha no ombro da outra e indo para dentro do rancho.

Eulália foi atrás. Se tivesse de se ajoelhar, faria.

Dentro do rancho era tudo escuro. Não tinha nenhuma janela e só um fogo de chão — em que a curandeira agora atiçava as brasas — iluminava, mal e mal, os poucos trastes que a curandeira possuía. A pouca luz que vinha da porta estava agora encoberta por Eulália.

— Foram dezessete, Maria. Dezessete rapaz que ele matou porque não quiseram seguir ele pra guerra.

Maria deu um suspiro.

— Ouvi dizer que o povo lá do rincão tava contra ele. Que ele quis exemplar. Era a guerra, Eulália.

Um tremor passou por Eulália e a voz dela saiu em soluço.

— Degolados, que nem bicho. Na frente das mãe, dos pai. Que guerra merece isso, Maria? Não tem! Que homem pode ter o direito de fazer isso? E não me venha falar da justiça de Deus, Maria! Só vai ter justiça, o dia em que ele pagar o que fez... — O soluço virou lágrima. — Meus dois filhos, Maria. Meus dois varão.

Ela entrou num choro de arrebentar a alma. O choro que engolia todas as noites ao deitar na cama e se lembrar dos filhos. Que segurava todos os dias na beira do arroio enquanto rasgava os dedos lavando roupa para os outros. Um choro que não tinha mais tristeza. Só ódio.

A preta velha levantou do braseiro e foi lá no fundo do rancho. Eulália ouviu o barulho da canastra abrir e isso a fez segurar o choro. A canastra da negra era famosa. Tão famosa quanto ela. Tão famosa quanto o que diziam que tinha lá dentro. Maria voltou de lá com uma Bíblia. Pegou a mão de Eulália e a colocou sobre o livro sagrado.

— Diz na frente de Deus que eu sou só instrumento. Só faço a vontade de vosmecê.

— Deus é testemunha — jurou com as lágrimas virando felicidade.

— Amém.

Maria largou a mão dela e puxou a Bíblia, voltando a levá-la para o fundo do rancho.

— Vai-te embora, Eulália — falou por cima do ombro. — Vosmecê deve de ter serviço em casa. Não tem mais nada que fazer aqui.

Eulália nem se aguentava de alegria. Podia dançar. Deu uns passos para trás, ainda olhando as costas da preta.

— E o dinheiro?

Houve uma pausa que disse mais coisas do que Maria já tinha dito.

— Ué? — perguntou a voz rouca da negra. — Eu não vou fazer nada.

O desinteresse só fez Eulália sorrir. Ela tirou o maço de notas do meio dos seios e o largou no lado de dentro da porta do rancho. Quando ergueu o corpo disse, à guisa de adeus:

— Eu sei que não. É só um agrado. Até!

Duas semanas depois, o povo começou a falar do estado

do Coronel e a fazer perguntas sobre o que devia estar acontecendo com o homem mais importante da região. Eulália bebia as notícias que chegavam ao rincão como quem tem sede. As velhas do centro da vila, que eram suas clientes de lavados, disseram-lhe que vinham achando-o mais magro. Os homens comentaram na venda — quando seu marido foi lá levar mandioca para vender — que o viram andando pela rua principal, pálido e suado, com a mão sobre o coldre da arma, como se estivesse jurado. Até a Câmara, de quem ele era o presidente, tinha suspendido uma sessão por conta do homem, fora de si, ter puxado o revólver para a própria sombra.

Na semana seguinte, todos falavam que o Coronel virara um santarrão e que estava na missa de manhã e de tarde, todos os dias. Correu a história de que ele tinha querido dormir na catedral, mas que o padre Antônio não deixara. No outro dia, lá estava o Coronel, de manhã bem cedo em frente à igreja matriz, com o chapéu na mão, pedindo para fazer confissão. Se o padre Antônio ouviu ou deu penitência, Eulália não pôde saber. Contudo, quando a filha dela foi à cidade para vender sequilhos, ouviu dizer que o Coronel agora andava sempre com um terço e que rezava como se estivesse sendo seguido pelo diabo em pessoa.

As notícias iam piorando. Logo, falavam dos olhos injetados de quem não consegue dormir, e das mãos trêmulas que já não tinham a mesma força para saudar os correligionários. Eulália soube por intermédio de uma vizinha — comadre da filha do Coronel — que a família estava desesperada. O homem encolhia dentro do corpo magro. Todos viam que ele estava com menos altura do que havia pouco mais de mês. Falava sozinho, gesticulava e tinha vezes que se horrorizava como se visse coisas capazes de gelar a alma de um cristão, de tirar a inocência e esperança de qualquer anjo. Diziam que era possível ouvir seus gritos de noite, mesmo se estando do lado de fora do sobrado branco que, por tamanho e poder, dominava o centro da vila.

Eulália aproveitou um tombo bobo do marido e mandou chamar o boticário Cruz para saber se o tinham consultado. E tinham. Não só ele claro. O boticário ficou para a janta e nem precisou da cachaça que ela serviu para contar que tinham chamado o médico e os dois práticos da vila, mas que cada um tinha dito uma coisa diferente. Logo, concluiu-se que ninguém sabia o que o Coronel tinha.

— Falaram em mandar buscar a preta Maria, mas a filha dele, a senhora sabe, é muito católica e não deixou — comentou o boticário e Eulália respirou aliviada.

Não demorou muito para alguém vir contar em sua porta que a tal filha — que era a dona da casa do Coronel desde a morte da mãe — estava falando em levá-lo para a capital. Que sofria, a pobre, em ver o pai naquele estado. Mas não deu tempo de nada.

Um dia ele saiu para a rua só em ceroulas e armado de pistola e espada. Gritava com o nada. Zurrava. Parecia sofrer ataques de espadachins invisíveis pelas costas, pelos lados, e tentava revidar. Seu desespero causou riso em alguém que ninguém mais podia ver e ele ordenou com voz rude e apavorada que não risse. Deu tiro. Furou o ar com a espada. Correu até a frente da catedral, mas não entrou. Estava apavorado. Então, caiu de joelhos e implorou que fossem embora, que o deixassem. O povo da cidade não sabia o que fazer. Chamaram o padre que lhe aspergiu água benta e tentou lhe falar e carregá-lo para dentro do lugar santo. Mas o Coronel só ouvia o que ninguém via.

Eulália comprou dois pedaços grandes de carne quando soube do tiro na cabeça, bem no meio da praça central de Santa Maria. Um ela assou e serviu de janta ao marido e à filha com cachaça da boa. O outro, ela levou para a negra Maria, que a olhou cheia de surpresa.

— Por que vosmecê me traz isso?

— É só um agrado, velha — respondeu Eulália.

— Quem agrada, quer alguma coisa.

Havia luz no alto das bochechas de Eulália.

— Pois eu não quero mais nada nessa vida. Só lhe agradecer — disse.

Maria ficou vendo-a se ir pelo caminho. Os olhos perdidos nas costas de Eulália e nas sombras que se faziam a cada passo que ela dava sob o sol. Eram sombras que vinham do chão, brotavam dele como raízes, e se enroscavam às pernas de Eulália com a felicidade perversa dos demônios agora saciados.

— Agradecer o quê, Eulália? — murmurou a preta velha, vendo aquilo e se persignando. — Eu não fiz nada.

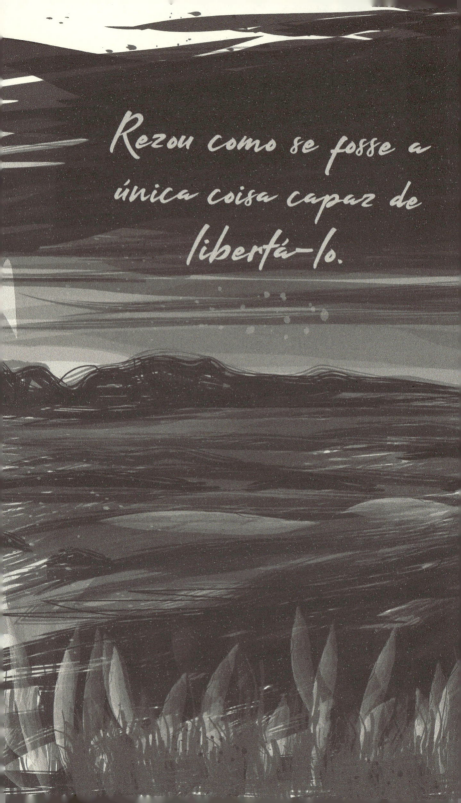

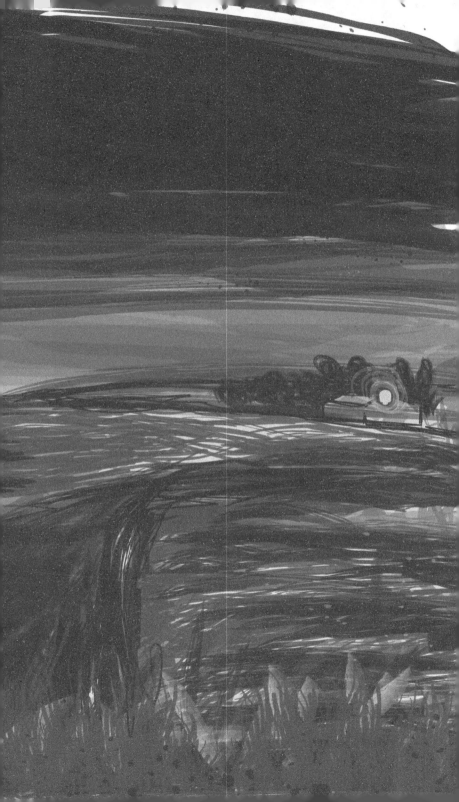

PASSANDO PELO RINCÃO DOS INFERNOS EM DIREÇÃO AO PASSO DAS ENFORCADAS

— Tá brincando, né?

— Não. É isso o que diz o mapa — Cadico confirmou aproximando o papel a luz do teto da camionete.

— Cara, não é exatamente num lugar com esse nome que eu ia querer estar perdido no meio da noite.

— É só um nome, Betão. Vai te fresquear por causa do nome do lugar?

Betão bateu com as duas mãos no volante e ajeitou os óculos.

— Oh, cara, vai dizer que não é uma puta duma má sorte estar perdido numa região em que não se acha uma desgraça de um posto de gasolina e, ainda por cima, o diabo do mapa diz que, para chegar à cidade mais próxima, tem que passar pelo Rincão dos Infernos e o pelo Passo das Enforcadas?

— São só nomes — falou Cadico apagando a luz do teto.

— Os nomes têm histórias.

— Ui, e a boneca tem medinho?

— Vai à merda, porra! Eu quero é chegar a um lugar em que eu veja gente, Cadico. Que eu possa tomar um café quente e abastecer o carro. A gasolina tá quase no fim e nada de posto nessa estrada do caralho!

— Olha, a estrada não passa no meio desses lugares, ok? São só direções. — Cadico começou a mexer na mochila em busca de um cigarro. — Daqui a pouco a gente já vê a cidade mais próxima e... Que foi isso?

— Puta que pariu! A gasolina acabou!

— Merda! Não pode ser.

—Não pode ser o quê, Cadico? Eu tô avisando há um tempão que a gasolina ia acabar. O que é que não pode ser, porra?

— Tá — disse o outro sem vontade de provocar mais —, e agora o que a gente faz?

— Primeiro é descer e empurrar o carro para fora da

estrada, não é, criatura? — Betão evitou olhar para o amigo, porque o nariz dele estava pedindo um soco.

— Ok, vamos fazer isso de uma vez. Antes que alguém bata na gente.

— Bata na gente? Vai sonhando, Cadico. Não vemos a droga dum carro há mais de hora. Ninguém passa nessa estrada. Antes aparecesse um carro para bater na gente e nos dar uma carona. Mas quem seria tão burro para estar aqui a essa hora da noite?

Cadico grunhiu e saiu do carro empurrando a porta com força. Betão socou de novo o volante, sabia que estava certo. Os dois tinham tomado a maior quantidade de decisões erradas que se pode tomar em um único dia e haviam batido o recorde nas últimas horas. Tinham inventado uma viagem de carro para tirar fotos de uns lugares ermos no interior. Haviam saído com o tanque pela metade e a intenção de abastecer no caminho. Resolveram que não iam levar o GPS para ter mais aventura. Num dado momento, entraram numa estrada vicinal, em busca de fotos mais interessantes.

Agora, claro, além de estarem perdidos, literalmente num mato sem cachorro, ainda estavam com raiva um do outro e de si mesmos. Péssima combinação, junto com o cansaço e a fome. A ideia da viagem fora do Cadico. Ele tinha entrado nessa "oficina de literatura" e resolvido que queria escrever sobre a solidão dos moradores do campo.

Uma droga de tema, repetia Betão, que saiu do carro logo atrás do amigo e juntos se colocaram a empurrar o veículo. Ele havia perguntado para Cadico: quem ia querer ler uma bosta dessas? A maioria das pessoas nem sequer tinha tempo ou disposição para ler. O próprio Betão preferia assistir a séries na TV ou até ler uma grafic novel legal, que desse para viajar nos desenhos.

Mas Cadico estava numas de "artista" e, no começo,

Betão até se divertia com ele. O amigo ficava dizendo que ninguém o entendia, que queria fazer uma arqueologia sentimental do mundo invernal do interior, dos silêncios campesinos, da tristeza cinzenta dos campos, que era lá que a alma humana realmente tinha lugar, sem ser esmagada pela velocidade do caos urbano, sem ser aniquilada pela fala incessante das redes sociais e dos computadores. Uma baboseira sem tamanho.

Mas Betão era parceiro dos amigos. Achou que ia ser legal um programa diferente, gostava do lance da fotografia e, além disso, Melissa estava cheia de provas na faculdade e já tinha dito que não ia poder se encontrar com ele naquele feriado. Passou uma hora reclamando da orientadora no Face, dizendo que a mulher parecia achar que ela só tinha o trabalho final de graduação para escrever, que esquecia que ela estava cheia de matérias para terminar, que se não terminasse não ia se formar e que os pais já tinham pago um pedaço da colação.

Uma choradeira que ele ouvia desde que as aulas começaram, apesar de ter sugerido que ela atrasasse o trabalho final, que terminasse as matérias, ter dito que daquele jeito ela ia enlouquecer. Ou seja, a namorada tinha feito tudo ao contrário, agora reclamava, dava piti e, se ele descuidasse, ela ainda colocava a culpa nele. Melhor sair da zona de tiro.

Disse que ia dar uma mão, na parceria, para Cadico, afinal, ele tinha carro e o amigo não. Era uma viagem só na sexta e no sábado, no domingo eles ficavam juntos o dia todo, prometia. Iam se falando pelo celular. Isso se aquela merda pegasse no meio daquele monte de serrania deserta. A tal da solidão que Cadico buscava era tão grande que não tinha nem uma vaca por ali. Nenhumazinha.

— E agora, meu? — perguntou Cadico. — O que a gente faz?

— Vamos fechar o carro e seguir pela estrada até achar um posto, uma casa, qualquer coisa.

— Desculpa, cara.

— É. Fazer o quê, né? Mas fica na boa, a culpa é minha também, fui eu que não abasteci a porra do carro, achando que tinha posto de gasolina no meio desse fim-de-mundo. E nenhum dos dois "gênios" trouxe uma lanterna... Olha, prêmio imbecil do ano pra gente, cara.

Os dois tiraram o que tinha de valor do carro: as mochilas e garrafas com restos de água, os celulares mais mortos do que vivos, as carteiras que tinham dinheiro, mas que era inútil por não terem onde gastar. Vestiram as jaquetas e se puseram a caminhar. A noite tinha um ar gelado. O céu estava aberto, com a lua minguante e umas nuvens sem muita pretensão. Era possível ver toda a estrada, mas não dava para ver se havia cobra ou qualquer bicho estranho passando pelos pés.

— Pensa pelo lado bom, as estatísticas de gente que morre por mordida de cobra são mínimas — Cadico estava tentando ser positivo, mas o resultado era sempre ruim.

— É — concordou Betão. — Sabe por quê? Porque a maioria das pessoas está dentro de casa, no seu apartamento quentinho, assistindo a um filminho ou jogando no PC e não no meio do mato!

— Ok, ok.

— Se eu morrer nessa porra, eu volto pra te buscar, Cadico.

— Ninguém vai morrer, Betão. Cara, tu tá alucinando.

Betão rosnou e os dois acharam melhor seguir quietos por um tempo.

— Olha naquele teu mapa pra ter uma ideia de onde a gente tá — disse Betão.

— Acho que ainda estamos no Rincão dos Infernos.

— Isso nem precisa dizer. E o que é o diabo do Passo das Enforcadas?

— Um lugar. — Betão o olhou como se fosse pular em cima dele aos socos. — Ah, um passo, pelo que eu sei, é um lugar num rio ou numa escarpa em que dá pra passar.

— Beleza... ainda tem um rio ou uma escarpa pela frente. Já sei, Cadico: se a gente não morrer, vou te matar.

Cadico virou os olhos e apertou o passo. Estava começando a ficar de saco cheio do Betão. Daqui a pouco ia ter outro enforcado ali para se juntar às histórias do lugar. Deviam estar andando havia uma meia hora quando avistaram ao longe a luz de uma casa. Trocaram um sorriso aliviado e rumaram para lá quase correndo. Nenhum deles estava com vontade de passar a noite caminhando no meio do campo. Àquela altura, os nomes já não incomodavam, eram só terra e estrada, tudo comum, sem nenhum tipo de assombração. Sem ninguém. A luz da casa acenava com a possibilidade de outras pessoas. Isso era tudo o que os dois podiam desejar.

Só quando já tinham perdido a referência da estrada, caminhando pelo terreno acidentado e cheio de unhas-de--gato, foi que Cadico se deu conta.

— Cara, o mapa diz que isso aqui é cheio de escarpa. É melhor a gente ir cuidando. Não estou a fim de um dos dois cair num troço desses e se quebrar.

— Show — ironizou Betão. — Qual é a próxima boa notícia?

— Que tal: não tá achando que a luz da casa fica mais longe à medida que a gente caminha? — debochou Cadico. Seu próximo movimento seria socar o amigo. Betão, porém, olhou para a luz em dúvida.

— Tá achando isso?

— Sei não. Tô pensando que eu avaliei mal a distância da estrada. No começo, me parecia que o troço era mais perto.

Na minha ideia já ia dar pra a gente ver os contornos da casa agora. O que tu acha?

— Não sei. Quer voltar?

— Não. É nossa melhor chance, né? A gente tá caminhando há um tempão e essa luz foi a única coisa que a gente viu. Vamos lá.

— Certo.

Voltaram a caminhar, só que agora com cuidado redobrado ao chão. Não mais temendo por cobras e outros bichos, mas que o terreno sumisse sob seus pés. Era uma região com muitas pedras, algumas acabavam abruptamente e eles precisavam contornar para poderem seguir. Em pouco tempo estavam exaustos, além de muito tensos. A luz da casa continuava distante. Por vezes, parecia mesmo se mover na distância.

— Sabe o porquê do nome desse lugar?

Cadico riu da pergunta.

— Ô meu, tem certeza de que vai querer ouvir história de terror nessa altura do campeonato?

— É de terror?

— Sei lá. Mais ou menos. Ou não. Sei que o Rincão dos Infernos é chamado assim por causa do terreno difícil, acidentado, perigoso. E porque tem uma entrada grande de caverna que chamam de Portão do Inferno.

— E as Enforcadas? — perguntou Betão pulando sobre uma touceira de unha-de-gato.

Cadico coçou a nuca.

— Uma lenda. Uma vez perguntei para minha irmã, mas ela disse que nunca acharam um processo-crime sobre o fato. Esses lugares já tinham esse nome na época da Guerra dos Farrapos, então, deve ser muito antigo.

— Tá falando da Giovana?

— E qual é das minhas irmãs que cursa História, Betão?

— Cadico tropeçou e se ergueu rápido. Os dois colocaram ainda mais atenção no terreno irregular.

— Ué, vai saber, eu não sei que curso a Maria Cristina tá fazendo.

— A Cris entrou para a Pedagogia.

— Humm, e o que a Giovana sabe desse nome antes da Farroupilha?

— Bom, se não tem documento, só tem a lenda, né? Parece que o pessoal da região fala que as tais enforcadas eram mulheres acusadas de terem matado umas pessoas e envenenado o gado. Mas não há nem registro de assassinatos nessa época por aqui para justificar isso. Segundo a Gio, sempre teria de aparecer algum assassinato escabroso antes.

— Bruxas típicas, então.

— É. Ou algumas coitadas que eram curandeiras e parteiras. A Gio fala que é possível até que nunca tenha acontecido, que seja uma memória que as pessoas trouxeram de outro lugar, aí passaram a recontar. Para deixá-la mais assustadora, dizem que foi ali, pertinho, em cima da coxilha.

— Humm, isso é tranquilizador.

Cadico riu alto.

— Não te acredito, Betão! Coisa mais ridícula um homem desse tamanho se borrando por causa do nome de um lugar. Vai te cagar!

Betão deu de ombros e fechou a cara. Como alguém podia achar normal andar de noite no meio de uma mataria com um nome daqueles e não ficar nem um pouquinho bolado? Demoraram mais um tempão caminhando até que conseguiram discernir os contornos da casa. Aí o caminho foi ficando fácil. Subiram a coxilha.

— Será que tem cachorro? — perguntou Betão.

— Se tiver, a gente corre.

— Maravilha, hein?

Estavam a alguns passos da casa e um cão começou a latir.

— Merda! Tem cachorro.

— Parece que tá preso — disse Cadico. — Se não já tinha vindo na direção da gente.

A casa era simples, de madeira, com tábuas verticais. Pelo que dava para distinguir pela luz junto ao telhado, tinha as paredes pintadas de azul e as janelas e a porta de vermelho. Umas florezinhas miúdas, meio mortas pela friagem, tapavam os pés da casa, cujo assoalho ficava a uns centímetros do chão. Um cinamomo ao lado direito e à esquerda, um pouco atrás, tinha uma casinha sanitária e um galpão pequeno. A lâmpada que iluminava a frente era a querosene e desprendia um cheiro forte. O cachorro continuava latindo.

— Melhor a gente bater antes que o cara apareça armado.

— Certo. Meu, que horas devem ser?

— Deixa eu ver — disse Cadico, puxando o celular. — Putz, acabou a bateria.

— E o relógio?

— Deixei de usar, vejo a hora no celular.

— Que tá sem bateria — Betão fez falsete na voz.

— E onde tá o teu relógio, queridão?

— Esqueci na casa da Melissa. Eu te disse.

Cadico rosnou.

— Certo. Olha, se a gente vai acordar o pessoal da casa, melhor agora do que depois.

Os dois, então, se puseram a bater palmas.

— Ô de casa! Ô de casa!

Demorou um pouco até ouvirem movimento por detrás das paredes. Um homem escabelado os olhou por uma fresta aberta da janela.

— Ô vizinho, desculpe incomodar a essa hora — disse

Cadico. — Terminou a gasolina do nosso carro lá na estrada e a gente quer saber se o senhor tem um litro ou dois para nos ajudar a rodar até um posto?

O homem olhou na distância.

— Não tenho carro — respondeu seco.

— Bah, vizinho, desculpa aí, mas a gente tá andando há um tempão, tem um canto em que possamos ficar até amanhecer? Somos gente de bem. Eu garanto. Estudamos na universidade, em Pelotas. A gente pode até pagar a hospedagem.

— Não tem lugar, não.

A janela abriu um pouco mais e apareceu um rosto de mulher, igualmente marcado de cama e desgrenhado.

— Deixa eu olhar. — Ela os mediu. Tinha uns olhos pequenos, de fuinha ou de quem usava óculos havia muitos anos. — São uns guris, homem. Que é que tem de mais dar um abrigo no galpão ali atrás?

A janela fechou e os dois ficaram discutindo lá dentro. O homem dizia não e a mulher dizia sim. Levaram uns dez minutos naquilo, até que a mulher ganhou. Cadico e Betão tinham apostado nela. Nesses casos, as mulheres sempre ganham. Se fosse o contrário, se ela não os quisesse ali, já estariam sendo corridos àquela hora, com cachorro, tiro, o escambau.

Um pouco depois, o homem saiu. Era um sujeito magro, de altura mediana, barba por fazer. Carregava uma trouxa feita de toalha de mesa sob um dos braços e um lampião a querosene no outro. Na cintura um revólver de tamanho considerável. Os dois rapazes agradeceram efusivamente, tentando parecer simpáticos para diminuir a má vontade e a desconfiança do homem.

— Certo. Certo. Agora falem baixo para não acordar as minhas filhas.

Os dois fecharam a boca e seguiram o homem até o galpãozinho. Não era grande, só um lugar de guardar ferramentas.

— Vão ter que se virar com os pelegos, guris. Não tem mais nada. E não vou colocar os dois lá dentro da casa. Tá fora de questão.

— Não, claro que não, a gente entende. O senhor tem filhas. São pequenas?

O homem resmungou e Betão se arrependeu da pergunta. Quis ser simpático e acabou dando má impressão.

— Descansem e vão embora de manhã cedo – disse o homem. Ele entregou aos dois um fardo envolto em um pano e uma térmica. – Peguem aqui, a mulher mandou um pão e tem café com leite na térmica.

Os dois rapazes agradeceram em profusão novamente. O homem assentiu com a cabeça e foi embora. Sem muito o que fazer, Cadico e Betão organizaram como puderam os pelegos menos fedidos, e colocaram as mochilas para encostarem as cabeças. Estavam quase terminando o primeiro farnel quando uma moça passou pela porta a cabeça para dentro do galpão. Depois, uma segunda moça. Eram parecidas, com talvez um ou dois anos de diferença.

— Oi — disse uma e os rapazes responderam.

— A mãe mandou mais comida. Vocês querem? — perguntou a outra.

— Hã, sim, obrigado — respondeu Betão meio sem jeito. — Desculpem se acordamos vocês.

— Não foram as vozes, foi o cachorro.

— É, ele sempre nos acorda.

As duas entraram trazendo mais pão, um vidro de geleia e mais uma térmica, que disseram ter chá.

— Estudam na universidade? — Eles confirmaram. — Como é lá?

Elas eram novinhas. Deviam odiar morar naquele fim de mundo e nunca ver ninguém. Deviam estar sonhando com o dia em que iriam para a cidade, talvez, fazer faculdade. Ou será que nem sonhavam com isso? Tão bonitinhas as duas. Os dois começaram a falar, mas Cadico ficou mais à vontade e as gurias se chegaram nele para ouvi-lo contar dos cursos e de como era uma cidade grande como Pelotas, a qual elas não conheciam, só tinham ouvido falar.

A conversa rendeu, os dois aceitaram o chá e a conversa rendeu mais. Numa dada altura, cada um deles conversava só com uma das meninas, até que a mais ousadinha beijou Cadico. Ele ficou perturbado.

— O teu pai...

— Tá dormindo.

— Cara, eu não sei...

— Sou eu que estou beijando.

— Pois é, meu, mas olha, eu tô só de passagem, não sei se é legal.

— Não estou pedindo pra casar comigo. Pensei que estivesse a fim de uns beijos. Mas se não está, tudo bem.

Ela se levantou, mas Cadico acabou puxando-a de volta. Aí virou amasso mesmo. Betão ficou meio sem graça com a outra irmã. Será que ela estava querendo a mesma coisa? Não que ele tivesse grande fidelidade com Melissa. Sempre que saía sem ela, ficava com alguém. E, provavelmente, ela fazia o mesmo. Então, ninguém sabia de nada e tudo ficava na boa. Só que a menina ali era muito novinha. Se fosse menor, podia virar complicação.

— Quer um chá?

— Já tomei uma xícara. Não sou muito de chá — se desculpou.

— O chá da mãe é bom. Tira esse frio que fica no corpo de quando a gente anda na noite. Nenhuma doença vai te incomodar se tomar uma xícara de chá. Eu garanto.

Betão acabou concordando. Com as mãos ocupadas com a xícara, ele não ia agarrar a menina. Ela serviu o chá e ele tomou, mas já na metade estava querendo que fosse um balde de água fria na sua mão para atirar no Cadico e na outra garota porque estava ficando constrangedor assistir aos dois. Porém, no fim do chá, ele mal conseguia manter os olhos abertos e acabou caindo sobre os pelegos, já dormindo.

Sonhou que Cadico e a garota transavam bem ali, ao lado dele. Depois achou que não era sonho, pois ouviu gemidos e resfolegar e isso lhe pareceu bem real. Numa virada de corpo, teve a impressão de que Cadico estava com as duas meninas. Ambas nuas se esfregando com ele, uma o chupava, enquanto ele chupava a outra. Betão de novo se perguntou se a garota mais nova não era menor de idade e quis levantar e falar para o amigo.

A imagem turvou e ele achou novamente que estava sonhando. Tentou virar o corpo, mas algo o prendia. Parecia que alguma coisa estava sentada em cima dele. Algo pesado, que lhe amarrava os braços e roubava o fôlego. A sensação foi ficando angustiante, pois não conseguia ver o que o prendia.

Então, Cadico gritou. Betão tentou se mover com mais empenho, mas não conseguiu. Era um grito estranho para um cara com duas mulheres e isso lhe deu um sentido de urgência, só que o mesmo peso que ele tinha nos braços e nas pernas, tinha agora nos olhos, não conseguia abri-los. O pânico aumentava com os gritos do Cadico, cada vez mais pavorosos. Aquilo não parecia um homem gozando, mas um porco sendo carneado.

Desesperado, começou a rezar todas as orações que aprendera com a mãe e mais algumas que lembrava pela metade das aulas de catecismo. Rezou como se fosse a única coisa capaz de libertá-lo. Quando finalmente abriu os olhos, já era dia do lado de fora. Conseguiu se mexer e procurou imediatamente o amigo. Cadico estava deitado, os olhos abertos fitando o teto.

— Cadico?

— Hein? — respondeu o outro.

Betão se jogou para trás.

— Cara, tive um sonho horrível.

— Eu também. Vamos cair fora daqui?

— Demorou, meu.

Os dois juntaram as mochilas e saíram do galpão. Procuraram pela família e só encontraram a esposa, na cozinha. O homem tinha saído, disse ela, foi com a carroça pedir para o pessoal do posto vir resgatar o carro deles na estrada. Bastava irem para o carro. Eles agradeceram e ela insistiu que tomassem café com ela e as meninas. Betão e Cadico olharam para dentro da cozinha e viram duas garotas de uns 9 e uns 5 anos.

— Essas são as suas filhas mais novas?

— A de cá é mais nova e aquela ali é a mais velha.

Os rapazes trocaram um olhar rápido e não quiseram outras explicações. Tinham sonhado, claro. A exaustão fora a causa dos delírios. Saíram dali tão rápido quanto as pernas permitiram.

Estavam subindo as escarpas já bem próximo de onde tinham deixado o carro, quando Cadico finalmente falou.

— Cara, eu sonhei que transava com as duas ontem.

— Eu sei. Eu sonhei que te vi transando com as duas.

— Teve mais coisas.

— Sim, sonhei isso também.

— Elas me contaram o que faziam as tais Enforcadas.

— Sério? O que era?

— Elas matavam pessoas para fazer delas guardiãs de enterros de dinheiro. Disseram que vinha estancieiro rico de longe para contratar os feitiços, porque os enterros de dinheiro delas ninguém encontrava. Fizeram isso por um tempão. Aí, o povo da região descobriu e começou a ficar com medo, por isso foram enforcadas.

— Enterro de dinheiro era aquela coisa que o pessoal fazia antigamente para proteger as fortunas das guerras?

— É.

Os dois andaram mais um tempo em silêncio.

— Elas me disseram que tem um enterro gordo, com moedas de ouro na escarpa debaixo da estrada em que deixamos o carro.

Betão riu e negou com a cabeça.

— Tá, e as gurias do sonho sabiam onde a gente tinha deixado o carro?

— Quando se acha um tesouro desses, liberta-se uma alma — continuou Cadico com a voz rouca. — Aquela que ficou presa cuidando dele.

— É, a minha mãe contava essa história. Por isso, sempre se passava o enterro de dinheiro para duas pessoas em sonho. Um ficava rico e o outro morria para pagar ao Inferno pela alma que tinha sido libertada.

— Pois é. Cava lá, cara. E, do que tu achar, dá um pouco para as minhas irmãs pagarem a faculdade.

Betão se virou.

— Vai a merda, Cadico!

Mas só tinha uma sombra atrás dele, uma impressão esmaecida do Cadico com o peito rasgado, as roupas manchadas de sangue. Foi por apenas um segundo, o último em que pôde ver seu melhor amigo.

O corpo do Cadico foi encontrado alguns dias depois numa tapera em ruínas. Acharam o Betão junto ao carro, segurando trêmulo uma caixa antiga, lacrada, e com os dedos quebrados de tanto cavar a terra.

Um instante de
pânico

e uma risada perversa

o fizeram acordar.

Seria arrastado no meio da
noite,

e algo terrível
iria lhe acontecer.

EMBORNAL DOS OLHOS

Depois de tanto tempo, já não o incomodava o capuz negro sobre a cabeça, nem mesmo o sacolejar da carroça em que havia sido jogado ou os pelegos que lhe tocaram por cima e que cheiravam rançosamente em suas narinas. Era a chuva batendo sobre a lona do carroção que parecia prestes a roubar-lhe o juízo. O ruído era o único, junto ao roçar enlameado das rodas. Sentira cada pedra no caminho nas últimas horas e já perdera a conta de quantas foram. Horas e pedras. No início, rezara para que a polícia parasse a carroça, quisesse saber o que levavam. Depois, ficara pensando se não fora a própria polícia a sequestrá-lo. Mas não tinha feito, nem dito nada. Talvez, no jornal, tivesse escrito alguma coisa mal interpretada. Entretanto, estava a coordenar a seção literária e suas últimas publicações versavam sobre as lendas do Sul, que ele vinha recolhendo antes que o avanço das cidades as matasse de vez.

Ninguém parou a carroça. Nem a chuva contínua, que já vinha de dias naquele inverno escuro e frio, conseguira. Quando a estrada começou a seguir para longe da cidade, por umas boas léguas, ele se encolheu temendo as milícias. Mesmo passados sete anos do fim da guerra civil, em 1895, os grupos de milicianos continuavam a ser uma praga na vida do Rio Grande. Nem o governo lograva desbaratá-los, até porque se servia de gente assim para combater seus inimigos, em surdina. Sobre o fogo crescente de perseguições e vinganças, estendeu-se um cobertor de acordos, à guisa de paz, que servia à imagem que o país e o governo queriam, mas estava longe de ser verdadeira.

Podia sentir o barro aumentando junto às rodas da carroça. Pensou na água acumulada sobre a terra, já incapaz de absorver tanta quantidade, e nas enchentes que estavam se alastrando pelo estado. A chuvarada incessante vinha fazendo com que os rios transbordassem nas margens. Os animais escalavam as coxilhas buscando o seco e, ainda assim, a perda de gado era imensurável. A água expulsava o povo de suas moradas e algumas cidades ribeirinhas tinham praticamente desaparecido. Com certeza, havia mais gente morta do que se sabia e, quando as águas baixassem, se haveria de encontrar corpos e mais corpos que ninguém saberia de quem era pela desfiguração do tempo.

Deu um longo suspiro, pensando que ter os olhos cobertos lhe dava a vantagem de não ver a entristecida paisagem, havia tantos dias lavada com inclemência. A imagem seguinte fez ver a si mesmo, com a cabeça ainda coberta, boiando enchente abaixo. Isso se lhe restasse cabeça. Desde as degolas da última guerra civil, as cabeças rolavam no Rio Grande com fúria jacobina. Era a derradeira humilhação ao inimigo: tratá-lo como ovelha, tirar-lhe de vez o topete, exibir sua cabeça sobre os moirões das cercas. Aos mais odiados, cortavam-se também os documentos de macho e lhos enfiavam na boca. Um arrepio de horror lhe fez pedir que a morte chegasse antes.

Se ao menos atinasse o que queriam seus captores e aonde o levavam. Voltou a pensar nos últimos dias, mas agora com a sensação de que algum mau agouro já vinha o acompanhando. Havia uma semana tinha levado Chiquinha até o porto para que ela embarcasse para o Rio de Janeiro. A mãe dela adoentara-se com o clima infernal e era justo que Chiquinha, única filha sem filhos, a acompanhasse em busca de ares mais salubres. Não estavam em época de esbanjamento e, em razão disso, ele ficara em Pelotas. Caso elas não pudessem retornar logo, daria um jeito em segui-las.

Sem a esposa, passara a trabalhar mais. Virara a noite no jornal e, havia dois dias, numa hora em que recuperava o sono, tivera um pesadelo de tão viva impressão, que ainda o perseguia. Estava em sua cama, com a certeza de estar acordado, quando uma sombra infantil apareceu aos pés da cama e passou a puxar-lhe as cobertas. Tentou resistir, mas também foi arrastado como quem está prestes a ser devorado. Um instante de pânico e uma risada perversa o fizeram acordar. Não era homem de acreditar em sonhos nem pesadelos, mas sua ama dos tempos de menino parecia cantar em sua cabeça agora, a dizer-lhe que ele tinha sido avisado. Seria arrastado, no meio da noite, e algo terrível lhe aconteceria.

Não se apegava à religião, mas isso não quer dizer que não acreditava. O mundo tinha sua pá de mistérios, como lhe falava a ama, coisa de que até seu pai, com todos os seus refinamentos de filho de visconde, nunca discordou. Pôs-se a rezar. Colocou fé na ladainha, mas logo a memória ajuntou as vozes das beatas, em seus pedidos para o fim da chuva, que se ouvia escapando pelas portas das igrejas para as ruas ensopadas de Pelotas. As mais devotas falavam em um novo dilúvio, as mais tementes viam indícios da volta do criador. "O mundo vai acabar em água e fogo", berrou-lhe uma tia carola já de longa idade, "temos agora de aguardar as chamas divinas que virão do céu para destruir os pecadores em carne. Nenhum ressuscitará com o Senhor!" Nunca lhe dera ouvidos. Que homem racional o faria? No entanto, agora queria acreditar que a divindade olharia para ele, o acharia justo e bom, e o salvaria. Se não por ele, ao menos pela pobre Chiquinha, que ficaria viúva.

Sentiu a carroça fazer uma curva apertada e seu corpo se moveu sem controle sobre o lado esquerdo. Algo no passo do animal trator, talvez uma minúscula acelerada no ritmo, o fez concluir que finalmente chegavam. O coração pulou, passando a martelar o esterno como se fosse arrebentá-lo. Mesmo com toda a angústia da antecipação, ainda estava vivo e relativamente seguro enquanto se movessem. Logo parariam, era óbvio. E estaria morto. Tinha certeza disso. Apenas respirava ainda. Respiraria enquanto o torturassem. Era isso que faziam com as pessoas que sumiam. Os cadáveres que reapareciam tinham as marcas. A história dessa guerra velada e bárbara que viviam, em que os mortos se acumulavam sob as botas dos chefes de partido. Logo, ele seria mais uma das vítimas.

As rodas estacaram num soco leve. Imediatamente, a portinhola traseira da carroça foi aberta e dois pares de mãos o cataram sob os pelegos e o puxaram pelos tornozelos. A brutalidade começaria ali, pensou. Porém, o fizeram sentar e duas das mãos lhe desamarraram os pés. Depois, o tiraram da carroça e os dois que o pegavam pelos braços o conduziram por um caminho úmido sob a garoa gelada. Não demorou a sentir-se entrar em um recinto morno e seco. O fato de não ouvir uma única voz, um único murmúrio dos captores, no entanto, corroía mais, a cada instante, seus nervos já arrebentados.

Fizeram-no sentar e, para sua surpresa, alguém começou a desamarrar suas mãos e, antes que terminasse, o capuz lhe foi tirado da cabeça. A luminosidade fraca do candeeiro foi suficiente para incomodar os olhos depois de toda a escuridão por que passara.

Havia cinco pessoas ali. Um homem baixo à sua frente, com uma longa barba eriçada para os lados e uma barriga proeminente. Ao seu lado, uma mulher esguia, de rosto crispado e mãos tão firmemente entrelaçadas que pareciam uma coisa só. Um rapazote de óculos, que o olhava de esguelha do canto extremo da sala e tinha um maço de jornais sob o braço.

Só depois de registrar esses três, ele olhou para quem lhe desamarrava as mãos. Se não estivesse tão apavorado, teria percebido os dedos finos antes. A mulher jovem saiu rapidamente de perto dele. Vestia-se como um homem e não tirara o chapéu que mantinha junto à cabeça o cabelo comprido. A respiração atrás dele denunciava a presença do outro sequestrador. Um homem, com toda certeza, mas ele teve medo de se virar para conferir. Não era o que esperava encontrar. Aquele grupo, nem de longe, se parecia com uma matilha de milicianos prontos para torturar um inocente. Estavam mais para uma família ou algo assim.

— Há de nos perdoar o mau jeito, senhor Lopes — disse o homem mais velho.

A sensação de que talvez não fosse morrer o faria perdoar qualquer coisa, mas Lopes apenas deixou o ar escapar dos pulmões antes de repetir:

— Mau jeito? Os senhores me sequestraram — acusou.

— É que — começou o homem num tom quase envergonhado — se nos pegassem, seria melhor que achassem que o senhor estava mesmo sendo sequestrado.

— Bem — Lopes tentou falar com força para recuperar a dignidade que o medo até ali lhe tinha roubado — se isto não é um sequestro, trata-se do quê?

— De uma consulta — intrometeu-se o rapazote.

Agora, mais calmo, Lopes via as paredes caiadas, os móveis poucos e de madeira sólida. Havia uma mesa entre sua cadeira e o casal mais velho que estava em pé. A mulher mais jovem tinha se colocado ao lado deles.

— Não entendo — retorquiu Lopes. — Uma consulta? Que espécie de consulta? O que não poderia ter sido perguntado a mim, à luz do dia, na cidade?

— É provável — começou a mulher mais jovem, cuja voz era muito mais atraente que o rosto — que o senhor não nos levasse a sério nessas condições. Além disso, poderia render-lhe problemas com o governo. Queríamos garantir que o senhor nos ajudasse.

O linguajar dela denotava um tom diferente daquele mais rústico usado pelo homem mais velho. O menino também parecia ter algum estudo. O que fazia com que Lopes compreendesse cada vez menos porque estava ali.

— Ajudá-los? No quê? Não tenho ideia de quem sejam vosmecês e...

O homem mais velho o interrompeu.

— Meu nome é Ambrósio Borjot. Estes são minha mulher Lavínia e meus filhos Adão — apontou para homem ainda postado atrás de Lopes — e Noé. A moça é minha nora, Catarina.

Lopes cumprimentou todos com a cabeça, mas sem diminuir a desconfiança. Usou a apresentação para olhar o tal Adão. Devia ter puxado a altura dos parentes maternos, pois era muito maior que o pai e tinha uma expressão mais fechada, mais dura.

— Certo — disse, por fim —, e como...

Foi o garoto Noé que se aproximou com rapidez. A pilha de jornais que carregava quase despencou sobre a mesa, mas ele a segurou e entre atabalhoado e pressuroso, o encarou.

— Precisamos do seu conhecimento.

— Meu conhecimento sobre o quê?

O rapazote estava nervoso e começou a falar tão rápido que Lopes não compreendeu nada.

— Noé — chamou a mãe em tom de repreensão —, fale devagar e desde o começo ou o homem não vai entender nada.

O garoto respirou tentando controlar a pressa.

— Assim... no dia...

— Eu explico, Noé — interveio Catarina. O rapazote assentiu e ela caminhou até a frente da mesa. — Foi mais ou menos um mês após a chuva ter começado. Os trabalhos nos campos do meu sogro tinham ficado mais difíceis. Perdemos muitos animais e a roça ficou arruinada. Quando a chuva começou, os dois empregados que trabalhavam para ele deixaram de vir. Tivemos de buscar Noé na cidade e ele parou com os estudos no liceu. Então, apareceu uma milícia do partido do presidente do estado. O senhor sabe, quando eles aparecem assim, entrando como se viessem em paz, é porque querem recrutar. Queriam levar o Adão e o Noé. Obviamente, não teriam interesse no meu sogro, que já tem mais idade e manca de uma perna. Assim, tão logo os vimos cruzar a porteira, o Adão e o Noé correram para se acoitar no mato.

O tom usado pela moça levou Lopes a perguntar:

— Vocês são maragatos?

— Não — respondeu a voz bruta de Adão às suas costas.
— Só não queremos ser soldados.

— Imagine — prosseguiu Catarina —, se já não dávamos conta do trabalho como estávamos, sem os dois, logo se perderia tudo.

Lopes balançou a cabeça e fez sinal para a moça prosseguir. Achava intuir o que, afinal, eles poderiam querer dele.

— Dissemos aos milicianos que o Adão estava numa tropeada e que o Noé estudava em Porto Alegre. Eles não acreditaram. Fingiram que sim, mas não acreditaram. Disseram que iam acampar nas terras, nos fizeram saudar o "grande" Partido Republicano Riograndense e ocuparam o galpão, que era o único lugar em que poderiam ficar secos.

— Ficamos com medo que ocupassem a casa — disse o senhor Borjot. — A gente ouve cada coisa. Eu lembro bem da guerra de 93 e o senhor também deve lembrar. E eu só, com duas mulheres para defender...

— Felizmente — juntou dona Lavínia com amargura — eles só queriam esperar para ver se os meus filhos apareciam e, enquanto isso, comer toda a carne que pudessem e limpar o que tivéssemos de comida no galpão.

— Usamos a desculpa da chuva e não saímos de casa durante todo o dia — prosseguiu Catarina. — Ficamos ouvindo seus barulhos naquela noite e mal conseguimos dormir. No outro dia, meu sogro fez o trabalho fora de casa e ordenhou uma das vacas para termos um pouco de leite, mas eles ficaram com quase tudo. Quando chegou perto do fim do dia, comecei a me preocupar com o Adão e o Noé, escondidos e sem comida no meio do campo. Eles nem podiam fazer um fogo para se aquecer neste frio. E a chuva não dava trégua. Resolvi que ia fazer um farnel e levar quando a noite estivesse alta. Meu sogro proibiu, mas minha sogra e eu decidimos que íamos esperar que ele dormisse.

— Tolice de mulheres! — exclamou o senhor Borjot. — Eles estavam esperando para seguir uma delas, é claro.

— Com certeza — concordou Lopes. — E a senhora saiu, eu imagino?

Catarina não parecia arrependida.

— É certo que sim. Mas não foi simples. Ouvimos quando eles sacrificaram mais uma rês e seus berros reclamando da lenha úmida. E, logo, a bebedeira ia muito alta e parecia que entraria noite à dentro.

— Isso, se não invadissem a casa antes — resmungou o velho Ambrósio.

A nora limitou-se a baixar a cabeça num suspiro e continuou a falar.

— Já passava da meia-noite quando sobreveio o silêncio. Estávamos deitados, mas ninguém dormia. Levantei da cama no escuro, vesti uma roupa do meu marido, peguei o farnel que tinha escondido embaixo da cama e saí pela minha janela para que nem meu sogro, nem os milicianos me vissem. Eu sabia que o Adão e o Noé deviam estar no alto do morro que fica a menos de meia légua daqui. Lá tem uma pedreira. É um bom lugar para se esconder e tem uma excelente visão de toda a volta daqui. Mas o caminho não estava normal.

Ela parou, buscando as palavras exatas.

— Como assim? — perguntou Lopes.

— Estava tudo em silêncio. Não se ouvia nada. Até a chuva parecia ter silenciado.

— Não é normal as noites serem quietas por aqui? Ou vosmecê esperava ouvir algo da milícia?

— O senhor não me entendeu. Não se ouvia nada. Nem grilo, nem gafanhoto, nem pássaro noturno. Nada!

— A senhora tem razão. Isso não é normal.

— Pois bem, mesmo assim, segui em frente. Estava tudo um breu úmido, mas conheço muito bem o caminho. O silêncio parecia que tinha caído em cima do mundo, sabe? Como se as coisas ainda fizessem barulho, mas algo as abafasse. Estava começando a subir o morro quando alguma coisa se fechou no meu pé e eu caí. Não deu nem um instante e um homem cheirando a sangue, fumaça e canha estava em cima de mim puxando a minha roupa.

Ela terminou a fala apertando os lábios e Lopes teve pudor de continuar a encará-la.

— Ele disse que ia se aquecer comigo e depois eu ia levá-lo até os homens que estávamos escondendo. Até disse que eu gritasse para ver se eles apareciam.

Catarina tinha baixado muito a voz, mal dava para escutá-la. Lopes preferiu não cortar o silêncio que se seguiu. Foi Adão quem o fez.

— Noé e eu matamos o homem.

Novo silêncio. Lopes pigarreou antes de conseguir dizer meio estrangulado:

— Claro... É claro que sim.

Com a chuva estiada lá fora, a quietude daquelas pessoas tornava suas respirações muito altas. A mente de Lopes agitou-se. Ainda não havia atinado o que a família Borjot queria. Falaram de seu conhecimento, mas, àquela altura, pensava que, talvez, quisessem saber de contatos que ele tivesse. Muito provavelmente queriam ajuda para fugir para o Uruguai ou até para a Argentina. E a verdade é que ele já pensava se poderia ajudá-los e como, quando um sibilado alto, que lhe lembrou uma língua de fogo, passou rente à casa. Lopes levantou num pulo.

— O que foi isso?

— O nosso problema — disse Noé.

O sibilar cruzou pelos fundos e Lopes sentiu como se a coisa que o emitia tivesse fustigado a parede.

— Não entendo. Pensei que os milicianos...

— Os milicianos estão todos mortos — informou dona Lavínia.

— Mas como? Vosmecês... digo, somente vosmecês não poderiam... Quantos eram?

Novamente o sibilar se ergueu ao redor da casa, batendo-se contra ela.

— Ainda não ouviu a história inteira — disse Catarina.

Ela havia recobrado a força na voz e Lopes sentou voltando a encará-la. A dignidade daquela moça já era suficiente para justificar toda ajuda que pedissem.

— Imagine nosso horror — recomeçou ela. — O miliciano morto aos nossos pés. Os outros dariam por falta, viriam procurá-lo, podiam estar seguindo-o naquele momento. Não podíamos simplesmente fugir e deixar meu sogro e minha sogra à mercê deles. Enterrá-lo era arriscado com toda aquela chuva. Mas, então, aquilo apareceu e num instante não tínhamos mais nenhum controle sobre nada.

— Aquilo?

— Uma luz — disse Noé, controlando a gagueira com custo. — Um fogo. Amarelo. Azulado.

Lopes franziu a testa.

— A gente viu a coisa se movimentando lá embaixo, perto do lagoão — explicou o marido de Catarina. — Mesmo de longe não parecia coisa de Deus. Ia serpenteando e começou a subir a coxilha queimando sem deixar fogo no rastro. Nem deu tempo de pensar, passei a mão na Catarina e no Noé e nos metemos no meio das pedras, morro acima. Mas a coisa não veio atrás de nós. Ela se acercou do maldito e ficou lá por cima dele.

Lopes quase riu de alívio, mas se controlou para não ofender o susto daquela gente.

— Meus amigos, o que viram foi somente fogo-fátuo. Isso é muito comum. É... um tipo de gás que sai das coisas mortas e pode entrar em combustão...

Noé balançava vigorosamente a cabeça.

— E-eu estudei isso, s-senhor, e não era.

— A não ser que o seu fogo-fátuo devore os olhos dos mortos — acrescentou Catarina com os ombros muito retos —, o senhor há de concordar que vimos outra coisa.

Os olhos de Lopes se arregalaram e o sibilar voltou a cruzar em torno da casa.

— A senhora não pode estar falando sério.

Foi Adão que, indo se postar ao lado da mulher, respondeu.

— Vou lhe dizer o que a gente viu e o que a coisa fez, e o senhor não há de me dizer que estou brincando ou inventando histórias da minha cabeça. — Lopes nem teria coragem de fazer isso. Adão manteve o rosto crispado enquanto falava. — Era um troço grande e comprido que se mexia como uma cobra no pasto. Parecia que a pele era transparente e que tudo dentro dela era feito de coisa que alumia, o senhor entende? Então, ela se enrodilhou em cima do morto e depois saiu em direção à casa do pai e da mãe. Nós corremos atrás e vimos o que ela tinha feito. O cadáver tinha os buracos dos olhos vazios. Corremos mais, mas a coisa não entrou em casa, foi direto ao galpão e a gente só pôde ouvir a gritaria. Pegamos o pai e a mãe e voltamos para o morro. Ficamos por lá até amanhecer. Não tenho vergonha de dizer, mas a gente estava com medo que a coisa viesse atrás de nós.

— Só resolvemos descer de novo para casa já quase meio-dia — continuou o senhor Borjot. — E não tenho palavras para descrever o que encontramos. Já vi coisa feia em guerra, senhor Lopes, mas como aquilo...

— Todos mortos? — Lopes quis confirmar.

Os Borjot confirmaram juntos.

— E... os olhos?

— Também foram todos — respondeu Noé.

Lopes massageou o rosto com as mãos. Não conseguia encontrar novamente a sensação de realidade. Tudo que lhe diziam soava como um pesadelo inacreditável, mas o sibilar do lado de fora prosseguia. Era óbvio que algo rondava aquela casa, mas M'Boitatá? Não podia acreditar nisso. Sabia agora por que o haviam sequestrado. Ele escrevera um pequeno artigo para o jornal comentando a lenda da cobra de fogo, antiga como o Brasil. Quis dar uns ornamentos à narrativa, no entanto, era uma lenda, só isso. Havia até mesmo uma explicação científica.

— Sinto muito, meus amigos — disse, por fim. — Mas é muito difícil eu...

Um pacote feito com uma toalha velha foi jogado por Adão sobre a mesa.

— Veja por si — ordenou o homem.

Com as mãos trêmulas, Lopes não teve coragem de desobedecer. Caiu novamente sentado ao desvelar uma cabeça humana, de cabelos longos e barba, a boca congelada no último grito e os olhos vazios de qualquer substância que um dia tenha estado ali.

— Santa Mãe do Céu!

— Achei bom guardar esse, caso o senhor duvidasse — explicou Adão.

Lopes soltou o ar pela boca e tentou puxar novamente o fôlego antes de falar.

— O que fizeram com os outros?

— Tem um sumidouro junto ao lagoão — disse Catarina.

— Empurramos todos para lá. Colocamos os cavalos que foram mortos também. Ninguém pode nos culpar por um sumidouro caso algum dos corpos venha a ser encontrado — completou friamente.

— Claro... já nem sei mais o que querem que eu lhes diga?

Noé voltou a pegar seus jornais e fez muito esforço para falar devagar.

— Ela tem rondado a casa desde que tudo aconteceu. Nem parece mais a criatura que o senhor descreveu. Já não lhe interessam mais apenas os olhos dos mortos. O que ela fez com os milicianos foi... Compreende? — O ar se apertou no peito de Lopes e ele respondeu somente com a cabeça. — O senhor escreveu lá no seu jornal sobre a M'Boitatá, mas não disse, não contou como se faz para matá-la.

— Matar? Eu nem podia imaginar que ela fosse uma coisa viva — respondeu com a voz esganiçando um pouco e o coração voltando a tremer dentro do peito.

O sibilar alto e agourento estava batendo no galpão, agora. Lopes podia ouvi-lo nitidamente. Tentou pensar em como uma comedora de carniça adquirira seu novo hábito. A M'Boitatá devia ter se excitado com o cheiro do sangue das reses mortas. O sangue que ficou nos homens. Uns homens que já deviam cheirar, eles próprios, a sangue velho e apodrecido. Ele segurou uma mão na outra para diminuir o tremor.

— A lenda fala que a pele da M'Boitatá é muito fina e a última luz dos olhos que ela come escapa através dela. Não há como matá-la. Tudo o que recolhi sobre a lenda fala em romper a pele para espalhar esse fogo que lhe dá existência.

— Não se pode rasgar a pele a tiro? — perguntou Adão.

— Se M'Boitatá fosse um bicho comum, sim. Mas não é. É outra coisa. Mesmo nas lendas, não é um bicho como os outros. Ficou diferente. Uns dizem que se você atirar um laço na sua direção e correr, ela vai segui-lo. Então, se deve fazer com que ela se jogue contra as pedras e a pele fina há de se romper, como se fosse um embornal velho.

Adão parecia estar esperando apenas por aquilo e, num rompante que nem pai, nem mãe, nem mulher ou irmão puderam impedir, pegou de um laço que estava por ali e saiu porta fora. Todos o seguiram com gritos e pedidos, mas o homem já corria na direção do galpão. Lopes bem que quis acompanhar os Borjot, só que, no instante em que viu M'Boitatá, e ela era maior e mais formidável do que ele jamais imaginara, suas pernas deixaram de lhe obedecer.

Ele viu Adão armar o laço, jogar e começar a correr com a imensa cobra incandescente às suas costas. Mesmo com toda a lama, Adão foi muito rápido, mas o oponente era um demônio e logo lhe queimava os calcanhares. A família berrava, mas Adão continuou a guiar a coisa e, no instante, em que ela o alcançou, ele se jogou contra o curral de pedra que ficava no baixio à frente da casa. M'Boitatá se desfez numa luz sem tamanho, que cegou Lopes, e o seu sibilar virou um grito de condenado antes de acabar em silêncio.

Quando voltou a enxergar não havia o menor sinal da grande cobra de fogo e nem dos cinco Borjot. Tudo o que restava era uma fazenda vazia, de gente e de animal, e ele. O sol já nascia no horizonte limpo de nuvens, como desde muito tempo não se via.

Ninguém achava
que era direito uma
menina tão bonita,
pobre, sem pai, com
uma mãe daquelas,
rir e sorrir tanto.
Não podia ser
decente.

EXCERTOS DO LIVRO DE JUDITE

Ih, meu filho, isso começou faz tempo. Naquela época, a Judite era a moça mais linda que havia por estas bandas. Linda sim. Tinha uns 15 anos e os homem daqui era tudo louco por ela. Coronelzinho Afonso inclusive. E ela? Ah, ela era faceira, claro, mas o povo falava bem mais do que era.

Eu, que conheci a Judite meninota, posso dizer que ela sempre foi muito trabalhadeira, isso sim. Claro que tinha riso fácil, mas sabe como o povo é. Ninguém achava que era direito uma menina tão bonita, pobre, sem pai, com uma mãe daquelas, rir e sorrir tanto. Não podia ser decente. Então, falavam dela a não mais poder.

Lembro que o velho coronel Amarildo Teixeira Neves — que nunca gostou dos encanto do filho por ela — sempre defendeu a menina. Ele era o primeiro a dizer que era tudo maldade do povo e nunca deixou de chamar a Judite e a mãe dela quando tinha rodeio de marcar rês nas terra dele.

O que elas faziam? Ah, esse era o outro problema. A Judite sempre foi campeira, desde petitinha. Trabalhava junto com os homem e igual dum. Não se queixava, não fazia corpo mole, nem se fazia, bem, de moça, sabe? Pegava junto. Montava, laçava, ajudava a segurar rês e não tinha medo de pôr o ferro no bicho. Ninguém podia falar nada dela trabalhando. Mas, vê lá! Aquela moça novinha e linda, linda, trabalhando com os homem... Ih! As mulher ficavam tudo alvoroçada. Mas, claro, ninguém tinha coragem de dizer palavra que a mãe dela pudesse ouvir. A comadre ia nos rodeio pra ajudar na cozinha.

Qual o problema com a mãe da Judite? Ora, menino! Como se tu não pudesse imaginar. Rã! Todo mundo dizia que a comadre era bruxa.

Sabe como é? Uma história aqui, outra ali. Sempre no diz-que-me-disse, mas quem é que ia arriscar? Todo mundo morria de medo dessas coisa. Eu cheguei a ver mulher fazendo o sinal da cruz pelas costa dela. Vi sim. Ah, eu defendia, claro, era minha comadre. Ajudou no parto de três dos meu e tudo cresceu bem. Os dois que ela não ajudou, goraram. Meus anjinho. Um foi na noite que nasceu. O outro teve febre no primeiro verão e se finou. Se a comadre já andasse por aqui, pode ser que eu ainda tivesse os meu...

Ah, sim, sim, a história, claro, claro. Pois foi assim:

O povo da vila inventou de fazer um baile de debutante. Tinha umas quantas menina-moça por lá e alguém tinha dito que era assim que se fazia na capital. Sabe? Um baile pra apresentar as menina pra sociedade.

Pois bem, tanto se falou, tanto se fez, que até o coronel Amarildo se empolgou. Mandou vir as sobrinha que moravam em Pelotas para debutar, encomendou uma fatiota das mais finas para o coronelzinho Afonso, deu três rês inteira pro churrasco, mais não sei quantos leitão, e lembro de dizer que podiam vir pegar ovelha de carreta que ele dava. O homem abriu as burra.

A gente ficava vendo a movimentação dos rico e achando bonito. Eu até tinha combinado de ir ver a entrada do baile, só pra ver as roupa. Então, um dia, a comadre me disse:

— A Judite só fala nesse tal baile.

Fiquei cabreira. Disse que o baile só ia ter gente fina. A comadre, que Deus a tenha, é preciso que se diga: nunca foi mulher de se apequenar (tinha gente que se incomodava mais com isso do que com a fama de bruxa dela). Ela deu de ombro entre uma tragada e outra de palheiro e disse que fina a filha dela também era, só não sabia é se ia conseguir vestido.

Eu acabei ficando quieta, mas pensei que vestido não era o caso. Pensei, tá que a Judite era vistosa que só ela e isso ninguém discutia, mas será que iam deixar debutar com as outra menina branca? Com aquela cara de bugrinha que ninguém sabia quem era o pai? Mas fiquei quieta. Longe de mim, aborrecer a comadre. Nem iam conseguir o vestido. Agarrei e deixei.

Claro, claro que conseguiram o vestido. Capaz que não. A pobre menina se esfalfou trabalhando que nem uma condenada. Se deixassem, era capaz de falquejar moirão. Na época, uns tempo depois, é claro, se falou besteira sobre o que ela tinha feito pra conseguir o dinheiro do vestido, mas eu te garanto, foi trabalho, trabalho mesmo.

Bom, como eu ia dizendo, chegou o dia do baile e a irmã do coronel Amarildo veio da capital com as filha. O marido dela não pôde vir, mas também não ia deixar elas viajarem sozinha, aí ele mandou junto um capitão do exército que, diziam, estava quase noivo duma das menina. Nem lembro a cara do tal, mas era todo janota, com aquela farda e tudo mais. As moça andavam a virar os olho só por saber que ele ia ao baile pra fazer par pras sobrinha do coronel Amarildo.

Pois então, no dia do tal baile, a comadre me chamou na casa dela. Cheguei e dei de cara com a Judite num vestido branco, mais feliz que padre em final de quermesse. A custo a gente conseguiu que ela ficasse quieta pra se pentear e arrumar. Nem preciso dizer que a menina parecia um sonho quando a gente terminou. A comadre envergou o vestido melhor — que era aquele preto de estampa miudinha, que se usa em missa, enterro e festa na casa de parente —, pôs a menina na charrete e se foi com ela pra cidade. O que se sucedeu depois, eu não vi, mas ouvi contar tantas e tantas vez que foi como se tivesse vivido junto.

Diz que quando a comadre e a Judite chegaram, o povo já dançava. Tava as moça lá, tudo rodopiando com os pai e os par delas. O coronel Amarildo tava com uma das sobrinha e o coronelzinho Afonso com a outra prima, de mode que o tal capitão tava solteiro. Me contaram que assim que ele viu a Judite entrar, linda de vestido branco e sem homem pra acompanhar, atravessou o salão e foi bater continência pra mãe dela. Não deu instante e os dois já iam na valsa junto com os outro. O capitão todo galã e a Judite se sorrindo mais que nunca.

Me pergunte se tudo ia ficar bem caso o acontecido não tivesse acontecido? Não sei. Como se há de saber? O que eu sabia é que as gralha das mulher daqui não iam deixar barato toda aquela ousadia. Nenhuma ia bater de frente com a comadre, claro. Mas correram tudo a envenenar a irmã do coronel Amarildo que tava lá sentada, bem quieta sem saber de nada. Nem me pergunte o que disseram, mas foi o suficiente pra mulherzinha subir nos tamanco e mandar a banda parar de tocar. Ela foi até o meio do salão, onde a Judite tava, e começou a desaforar a menina. Disse que aquilo era baile de moça e não randevú de chinaredo. Que não queria as filha dela dançando em salão com uma tipa de má fama como ela e por aí foi.

Um horror. Imagine o choque de quem viu e tava de fora? O tal capitão, diz que só pedia calma, mas mal se mexia. E a mulherzinha não parava de falar. A Judite? Minha nossa. Acha que ela já sabia se defender naquela época? Sabia nada. Começou a chorar baixinho, sem conseguir retrucar. Isso foi assim até que um urro varreu o salão.

Dizem que foi urro. Não sei. Só sei que meteu medo o suficiente pra a irmã do coronel calar a boca e todo o resto do povo olhar pra de onde o urro vinha. A comadre traçou uma reta até a filha, pegou da mão dela e a passou pra trás do corpo como só mãe furiosa faz pra defender a cria. Dizem que tinha um ódio nos olho que virou provérbio por aqui. Ela escarrou e bateu com o pé três vez no chão sem parar de olhar pra a irmã do coronel.

— Isso aqui começou em festa e vai acabar em tragédia!

Ush, menino, só em falar eu já me arrepio. Que coisa! Te esconjuro. Valha-me, Nossa Senhora.

Mas foi assim. A comadre arrastou a Judite pra fora do baile e ninguém foi atrás, nem o coronelzinho Afonso, porque o pai olhou feio pra ele. O coronel Amarildo resolveu, então, pôr panos quente. Mandou a banda seguir, disse pro povo comer, liberou quase toda a bebida que tinha de uma só vez. A ordem dele era o povo se divertir e ninguém desobedecia o coronel Amarildo. Diz que o baile seguiu bem bom até perto da meia-noite. Então, começou uma confusão num canto, ninguém sabe muito bem como, mas quando se declarou, tavam o capitão e o coronelzinho Afonso se atracando e abrindo espaço no meio dos dançarino.

Foi briga feia. Briga de faca. Teve vestido de moça manchado e o salão se lavou em sangue. Me disseram que o coronel Amarildo chegou a engatilha o revólver, mas que demorou. Talvez tenha ficado pensando se atirava pra cima ou no capitão, mas, em todos caso, ia desmoralizar o filho. Vai ver achou que, num momento, um dos dois ia se render e aí ficava só como briga de moço. E eu nem sei se teve tempo de pensar tudo isso.

O que sei é que o capitão lutava bem, mas era todo galã, confiante, acabou abrindo a guarda e o coronelzinho Afonso rasgou a garganta dele de fora a fora. A faca nem bem tinha saído da carne do homem e a prima que era quase noiva correu pro meio da briga. A faca ainda tava no ar, na roda da luta. Ah menino, uma judiação. Lá tava o tal capitão, morto, estendido numa poça de sangue. A moça com um talho horroroso no rosto. Uma tragédia e o coronelzinho teve que fugir pra não ser preso, mesmo sendo filho de quem era. Levou uns dois anos pra voltar e teve de responder processo.

Foi bem assim que aconteceu. Cada palavra. E esse, dizem, foi o primeiro homem que o Afonso matou por causa da Judite.

Só o primeiro.

*Não houve resposta e
Chico Pedro refez a pergunta.*

Silêncio mais uma vez.

Ele negou com a cabeça.

*Não devia continuar ali,
não podia explicar o que via...*

O TERROR DOS TEUS INIMIGOS

— Balearam Chico Pedro! Balearam Chico Pedro!

Os berros acordaram a capital na área próxima ao cais, tão logo o lanchão do Esquadrão da Barra atracou. Era o último dia de agosto de 1838 e a ação dos guerrilheiros imperiais não tivera o sucesso das anteriores. O preço pago pelos poucos cavalos, bois, arreios e armamentos saqueados aos farroupilhas fora de seis mortos, mais um ferimento à bala no chefe, perigosamente próximo ao coração.

Os cadáveres foram colocados, lado a lado, na plataforma à beira rio e os animais, com seus rufos assustados, afastados dali. Os bois foram levados direto para o matadouro municipal e, não fossem as necessidades da cavalaria de guerra, teriam sido levados também os cavalos, pois a cidade sitiada e faminta vinha perdendo seus luxos. Chico Pedro, amparado por um alferes, enquanto outro abria espaço, foi levado até os cordames e escorado ali.

Pela madrugada, os berros se sucediam, passando de rua a rua o que havia acontecido.

— Perdemos seis!

— Balearam Chico Pedro!

— O major foi ferido!

As janelas não demoraram a se abrir. Candeeiros, empunhados junto a cabeças entoucadas, iluminavam as passagens e, ao som de "perdemos gente", alguns saíram às ruas frias até esquecendo o decoro: mulheres de xale sobre as camisolas brancas, homens em seus roupões. Queriam saber quem se fora e, logo, fez-se ouvir o choro de alguma mãe ou esposa em desespero. Imprecações aos farroupilhas e juras de vingança, já cansadas pelo tempo da guerra, não silenciaram antes de o sol sair.

Dentre os que acorreram ao cais, estava o doutor Landell, que lá chegou com imensa rapidez. Vinha perfeitamente trajado e barbeado, como se estivesse acordado havia horas ou nem sequer tivesse ido dormir. Foi logo até Chico Pedro: "Os mortos não precisam de mim para saberem que estão mortos", rezingou com alguém que quis levá-lo aos cadáveres na plataforma. Ajoelhou-se ao lado do oficial e afastou seu casaco de cima do tiro.

— Ferida feia, major — comentou com um pesado sotaque inglês.

— Vou morrer, doutor? — o moço perguntou com praticidade.

O doutor Landell abriu a maleta e dela tirou um frasquinho de água limpa que jogou sobre a ferida, lavando a pólvora e olhando o buraco.

— Parece que vosmecê teve muita sorte, major. Acho que não será hoje que os farroupilhas hão de perder seus "golpes de mão", nem os legalistas a sua coragem em fazê-los.

Chico não sorriu com o cumprimento, apenas fechou os olhos.

— Vou amarrar isto — informou Landell — para estancar o sangue. Vosmecê já perdeu muito, não convém que se esvaia tanto.

Ia falando e passando um lenço entre a axila e o ombro do ferido. Mesmo com o cuidado do inglês, Chico soltou uma série de palavrões quando o doutor finalmente apertou o torniquete. Ouviu, então, Landell falar em tirá-lo dali.

— Posso montar num cavalo — resmungou sem certeza de ter sido ouvido. E não foi.

Landell disse que veria os outros feridos e deu ordens para que o levassem para casa.

— Irei assim que vir as condições dos outros e entregá-los a algum de meus colegas, que por aqui apareça — disse o prático. — Terei de operar o major, então, por favor, digam à senhora dona Maria que precisarei de panos limpos e água de boa qualidade. Peça-lhe também que atice o fogo para que eu possa passar os instrumentos e...

Continuou suas ordens sobre o que deveria ser feito, nas quais Chico Pedro não prestou atenção, tentando controlar a dor. Quando achou que conseguiria, veio alguém e o pegou pelas pernas e, talvez, mais umas duas pessoas o pegaram pelas costas, na altura dos braços. Chico Pedro grunhiu alto antes de perder a consciência.

A lucidez voltou aos pedaços. Primeiro, na sensação de uma lâmina de ferro quente varando-lhe o ombro esquerdo. Depois, em momentos quebrados: o suor que o encharcava, líquidos fétidos que lhe enfiavam pela boca, sono de delírio com tiros e gritos que sempre terminavam numa noite escura que o engolia. Não sabia se era dia ou noite, ou quanto tempo se passara nesse novo cerco à capital.

Este já era o terceiro. Porto Alegre chegara a ser tomada pelos revoltosos no início da guerra civil e não fora difícil, para o jovem Francisco Pedro de Abreu, tomar partido. Caso tivesse sido, o desgraçado Pedro Boticário lhe teria resolvido o dilema quando começou a perseguir os comerciantes portugueses. Chico Pedro quase podia ser visto como um dos "galegos". Seu pai, que lhe legara o apelido de "Moringue", o era. Naquela época, muita gente fugiu da capital e não voltou nem mesmo depois da reação legalista que a retomou. Outros abandonaram o lugar durante os sítios subsequentes. Só que Chico tinha decidido cedo que não ia deixar sua cidade e, em pouco tempo, soube fazer de cada cerco uma oportunidade. Fora de João Ninguém a capitão em pouco mais de um ano. Seria tenente-coronel até o próximo, tinha certeza. Isso se a dor e a febre não o matassem antes.

Logo, começou a ver a cama como inimiga. As mãos que lhe empurravam remédios pela goela, ou o banhavam com água fria, o irritavam. E esse ferimento desgraçado parecia ter vida própria. Doía de forma tão presente que, em delírios, Chico Pedro chegou a conversar com ele.

Depois de tanto tempo sem nenhum significado, foram as badaladas da matriz que o acordaram e arrancaram do torvelinho zonzo da doença. O quarto estava às escuras e a luz de candeeiro entrava junto com vozes abafadas por sob a porta. Chico Pedro olhou a janela e não viu, pelas frestas da madeira, qualquer luz de dia. Provavelmente, o sino estava a anunciar o toque de recolher. Calculou a hora, ao mesmo tempo em que percebia que sua lucidez tinha voltado toda, de uma única vez. Mexeu levemente o ombro. Estirou as pernas, os braços, sentiu que poderia levantar e chutar a cama, mas voltou a tontear quando sentou. Ficou parado em silêncio. Contou pelas vozes quem estaria na casa àquela hora e pensou se deveria chamar a algum deles. Desistiu. Tomou fôlego e lentamente pôs-se a vestir as roupas que encontrou por ali. Sentiu-se mais homem quando terminou, embora quase tenha desfalecido ao vestir a camisa e o casaco. Amparou o braço esquerdo em um lenço à guisa de tipoia e, por fim, respirou fundo antes de colocar sobre si o pesado poncho que a temperatura exigia.

Não, não é na doença que se conhece um macho, é como se sai dela. Doença afrouxa qualquer um. Talvez, afrouxe ainda mais os machos porque é quando eles ficam sob o domínio total das mulheres. Chico Pedro encarou a porta e resmungou. Os homens, provavelmente, estavam fora, apesar do toque de recolher. Deviam estar bebendo em alguma das vendas que tinham alambique. Debatendo o que fariam, quais os rumos da guerra, vendo se havia alguém corajoso o suficiente para substituir o Moringue no comando da guerrilha rápida, dos "golpes de mão", para conseguir comida para a cidade sitiada. Chico Pedro não tinha intenção alguma de ser substituído e, talvez, já tivesse dado tempo demais para que se planejassem ações sem ele. Também não ia ficar à mercê daquelas mulheres todas e seus gritos de "ai, Jesus" quando o vissem em pé.

Pegou sua espada, mas deixou a arma de fogo, que não teria condições de carregar e empunhar. Depois de amarrar o apetrecho como pôde à cintura, tomou uma cadeira que havia por ali, e usou a força que tinha no braço direito para levá-la até a janela. Mais difícil foi abrir a janela usando de um único braço. A rua, tomada pela noite, nem perceberia sua fuga. Pelo visto, os novos lampiões, chegados havia mais de ano do Rio de Janeiro, ainda não haviam sido todos acesos, apesar dos incessantes pedidos dos vereadores, preocupados com a artilharia farroupilha e com o patrulhamento da cidade em meio à escuridão. Viu funcionando apenas um, muito fraco, na esquina de cima, na direção da matriz.

Nem bem tinha encostado os pés no chão e ouviu chamarem seu nome tão nitidamente que se virou para trás, certo de que havia sido descoberto. A porta do quarto, porém, continuava fechada. Vasculhou a rua, acima e abaixo, e não viu viv'alma. Todo movimento estava no interior das casas fechadas, cujas frestas denunciavam as luzes dos lampiões de azeite. Somente soldados e oficiais podiam furtar--se ao toque de recolher, ainda mais em período de guerra. Chico Pedro ajustou o poncho sobre os ombros e acreditou ter confundido o chamado, por conta de alguma voz que escapara das casas vizinhas. Respirou o mais fundo que o ferimento permitiu e pôs-se a descer a rua.

Acima dele, deslizava um céu estrelado, sem lua. Chico Pedro estava acostumado a mover-se na noite. Fosse em Porto Alegre, navegando pelo rio ou no mato com intuito de surpreender o inimigo. Não demorou a seus olhos se habituarem plenamente à escuridão e ele andar pelas ruas como se fosse dia.

Mal dobrou a esquina da rua Clara para a da Praia, em direção ao pelourinho, e ouviu novamente o seu nome. Tão nítido, tão distinto, que poderia ter sido dito a poucos passos dele. Virou-se para trás bruscamente e o ombro reclamou. Ninguém ali. Nem às costas, nem à frente. Talvez fosse delírio, culpa de algum resto de febre. Num gesto natural, segurou com força o punho da espada. Concentrou-se no caminho.

Porto Alegre ainda não voltara a ser o que era antes da guerra e dos cercos. Era fácil perceber, mesmo à noite, a quantidade de casas abandonadas. Estavam rotas, com vidros e janelas quebrados. Algumas já tinham sido privadas de pedaços de madeira das aberturas, roubados e, naquelas em que os moradores em fuga deixaram móveis e utensílios, não havia quase mais nada. Muitas eram casas de comércio, a maioria de "galegos". Após a retomada legalista, tentou-se proteger essas propriedades, mas era difícil manter longe do alheio um povo que passa por privação. Não se tinha tanto cuidado com os pertences dos farrapos notórios. Por que se haveria de ter? O próprio Chico Pedro fazia vistas grossas quando pegava algum gatuno nessas casas e chácaras.

Ainda assim, ele preferia os rebeldes que haviam se evadido da cidade. Afinal, estavam em guerra, tinham mais era de partir dos territórios leais ao Império para poder lhes fazer frente. Seu ódio maior era para com os que permaneceram ali, os travestidos, os que ficaram escondidos sob pelegos, mas eram lobos que ouviam e passavam informações ao inimigo. Por ele, todos os suspeitos de serem espiões seriam presos. Se fosse provada a traição, deveriam ser enforcados. Nem se importava que, como era do conhecimento de muitos oficiais, a maioria deles fossem mulheres de fino trato. Senhoras donas cujas mãos deveriam ser cortadas por escreverem cartas e bilhetes que já lhe havia custado homens e vitórias. Talvez aquele tiro se devesse a alguma delas. Absorveu-se pensando em qual das "espiãs" conhecidas poderia tê-los denunciado e não notou o silêncio anormal que o cercava, quebrado somente pelo som dos seus passos sobre o calçamento.

Foi quando chegou ao pelourinho que se deu conta de que ali, e por todo o caminho, deveria ter cruzado com uma ou duas sentinelas. No entanto, não encontrara nenhum soldado em quase dois quarteirões e passara até mesmo pela casa da Câmara. Isso não era habitual. Nem se estivessem em tempo de paz. A sensação de que alguma coisa estranha havia acontecido durante sua ausência cresceu. Se, ao menos, ele tivesse ideia de quanto tempo se passara desde a ação, quase malograda, do Esquadrão da Barra. Um dia, dois? O ferimento lhe falava que poderia ter sido ontem, mas, com sua extensão, mais o frio da noite a cutucar-lhe a cicatriz, bem poderia ter sido havia uma semana.

— *Chico Pedro...*

Um arrepio no alto da nuca lhe garantiu que, desta vez, não poderia achar que tinha imaginado que o chamavam. Com alguma dificuldade, Chico Pedro sacou a espada e deu um giro completo ao redor de si. Ninguém ao alcance da vista. Parecia que mesmo as casas em cujo interior devia haver movimento, tinham silenciado. Mais alguns instantes e endireitou o corpo, irritado consigo mesmo. Era homem de ações noturnas. Não havia barulho na treva que o assustasse. Nem conseguia se lembrar de existir algo que fosse capaz de deixá-lo com medo da noite desde que era menino.

— *Chico Pedro...*

O major perdeu os cuidados e berrou, furioso:

— Quem está aí?

Não houve resposta. E, enquanto Chico Pedro vasculhava a escuridão, não ouviu pio de coruja, nem passos, nem vozes abafadas, nem nada. Então, um movimento à direita, próximo ao centro do pelourinho, chamou-lhe a atenção.

— Identifique-se, paisano!

Seus olhos já acostumados às trevas divisaram uma sombra, uma forma escura que se inclinava sobre um dos lados do palanque do pelourinho. Chico Pedro ergueu com mais firmeza a espada e foi andando naquela direção. A sombra se voltou para ele, sem se perturbar com sua presença, e Chico Pedro conseguiu perceber dois fardos compridos aos seus pés.

— Identifique-se! — repetiu.

A sombra fez um movimento em sua direção. Meio trôpego, meio gingado, como um passo de velha. Ela veio andando em sua direção e, por longos instantes, antes de enxergar seu rosto, o major esperou ver a face de uma das traidoras conhecidas. Porém, ao chegar perto o suficiente, a alma de Chico Pedro congelou. A megera à sua frente não podia ser coisa viva, nem deste mundo, nem era coisa de Deus. A carne mal moldava os ossos, retraindo-se nos olhos e na boca murcha de dentes. Um pano, à guisa de capa, lhe cobria a cabeça de cabelos longos e esparsos. Ela continuava a vir em sua direção, olhando-o, mas sem parecer vê-lo.

Chico Pedro tentou se mover, mas os pés se colaram ao chão enquanto aquilo, que lembrava uma mulher, continuava a vir. Os olhos arregalados, secos. Foi olhando para aqueles olhos que ele quis gritar, mas não conseguiu. Era como se não comesse havia dias. Uma fome doída o roía por dentro e ele podia sentir as energias sendo sugadas de cada membro para manter apenas o que havia de vital: o coração acelerado e o cérebro em desordem. Logo, as pernas fraquejaram e ele caiu de joelhos.

Então, a criatura mulher passou por ele e se afastou. Chico Pedro ficou arquejando. No entanto, fosse qual fosse o feitiço que a bruxa lhe jogara, afastara-se com ela. Foi sentindo voltar as forças, mas precisou se apoiar na espada para se erguer do chão. Que diabos fora aquilo? Arrependeu-se da praga tão logo enunciou o pensamento.

Só então notou que havia uma lamparina junto aos fardos largados sobre o palanque do pelourinho. Era uma lanterna, daquelas que os soldados usavam para patrulhar. Um pressentimento pavoroso o fez se levantar e mover suas pernas naquela direção. Primeiro lento, depois mais rápido e, por fim, quando teve certeza do que era, lento novamente. Reconheceu as botas dos soldados da patrulha, as armas caídas, os ponchos amarfanhados de quem tentou fugir e não pôde. Ele deveria ter voltado dali. Contudo, era um oficial, devia aos seus homens saber o que lhes acontecera.

Bastou um olhar para recuar. Era como se toda carne sob a pele daqueles infelizes houvesse sido comida. Nenhum músculo, quase nenhum sangue. Estavam tão magros e esqueléticos quanto a megera que os atacara. Por tudo o que havia de mais sagrado, o que era aquilo?

— *Chico Pedro...*

Quase caiu ao virar-se para trás em busca da voz. As ruas o olhavam de volta, vazias de movimento. Não havia viva'alma ali. E o pensamento o sacudiu. Não tinha medo de alma penada. Nem nunca tinha visto uma. E o que vira não era uma alma penada. Aquela... o que fizera com aqueles soldados, aquilo não era coisa de morto sem paradeiro. Era obra do demônio, isso sim! Não era homem de religião, mas fez o sinal da cruz e começou a policiar os pensamentos. Para coisas assim, sempre lhe disseram, pensar era como chamar.

— *Chico Pedro...*

— Valha-me Deus! — exclamou num sussurro sem fôlego.

— *Venha* — urgiu a voz.

— O que quer? — perguntou olhando para todos os lados, já que o chamado parecia brotar da escuridão. — O que quer de mim?

— *Se queres saber, é melhor vir.*

Chico Pedro olhou os dois soldados mortos. Estava doente, com certeza. Ainda em sua cama, delirando de febre. Ou então enlouquecera. Talvez aquilo fosse a morte e o esperasse o inferno.

— *Ainda não* — respondeu a voz que parecia ouvir o que lhe ia na cabeça.

Então, algo pequeno, como um cão, correu na rua a sua frente. Um movimento de coisa viva e Chico Pedro sentiu que poderia se salvar. Afinal, quase não existiam cães vadios em Porto Alegre por aqueles dias. O medo de epidemias fazia com que a Câmara os mandasse matar regularmente. Então, se era um cão, deveria ter um dono. Um dono vivo, com uma espada e, benditamente, com uma garrucha, se Deus ajudasse.

Sem olhar para trás, Chico Pedro voltou para a rua da Praia. Não demorou em localizar a forma escura do cão, parado diante de uma das casas de porta rente a calçada, meio quarteirão adiante. O animal bateu o rabo e deu um latido curto. Isso lhe deu ânimo, mesmo que, para ir até onde estava o bicho, tivesse de seguir em frente, e não de volta à sua casa, como seria sensato. Chico Pedro não embainhara a espada e já não sentia firmeza nos passos. Não queria cair na rua. E se não fosse tudo um pesadelo? Se a megera retornasse? Chamou pelo cachorro, estalou os dedos, mas o animal continuou parado, e latiu mais uma vez.

— Que seja.

O cão, um animal de patas compridas e pelo longo, o observava caminhar e, vez por outra, olhava para a direita. Ali, uma casa de aparência habitada estava com a porta aberta e, lá no fundo, ardia uma pequena lâmpada de azeite. Talvez o dono estivesse lá dentro. Chico Pedro encarou o cachorro por algum tempo. Não havia nada de anormal no bicho e isso o animou a ver se o dono o socorria.

— Ô de casa?

Não houve resposta e Chico Pedro refez a pergunta. Silêncio mais uma vez. Ele negou com a cabeça. Não devia continuar ali, não podia explicar o que via, logo, seu consolo era se perceber doente. Iria para casa, chamaria Landell, pediria remédios. Diria às mulheres que o benzessem e, talvez, até chamasse um negro desfazedor de feitiço. Não pode, porém, fazer o movimento de ir embora. Com a boca, o cão o pegou pelo poncho e o puxou para dentro da casa. Ele até poderia tentar brigar com o animal, mas conhecia aquela fidelidade e, quem sabe, fosse o bicho a querer sua ajuda para os donos. Estava sozinho, claro, mas o que diriam da coragem do Moringue se ele, por medo, não entrasse na casa? Não tinham visto o que ele vira, é claro. Porém, quem acreditaria em sua visão? Ele mesmo ainda vagava entre a dúvida e a febre.

Assim que entrou na casa, o cão parou de puxar o poncho. Começou a andar em roda, ia de canto em canto, cheirando tudo. Chico Pedro manteve a atenção na lâmpada que ardia no aposento dos fundos da casa. O azeite parecia terminar enquanto a luz baixava. Continuava tão frio quanto na rua e ele se perguntou por que os moradores do lugar não haviam feito fogo num braseiro ou algo assim. Adentrou mais, porém receou chamar por gente mais uma vez. Um cheiro conhecido lhe chegou às narinas e Chico Pedro pensou imediatamente que a megera estivera ali.

No entanto, ao chegar à cozinha, o quadro de horror era diferente dos famintos cadáveres do pelourinho. O homem estava a um canto, caído com o corpo junto à parede, meio calvo, barbudo, sem chapéu. Tinha a cabeça jogada para trás, os olhos fechados e a boca semiaberta. Sobre a pele, pústulas viscosas ainda pareciam brotar vivas na pele morta. Mais perto de onde deveria estar o fogo, abraçadas, uma mulher e uma menina.

Chico Pedro não se aproximou. Sabia que estavam mortas tanto quanto conhecia a chegada de uma peste. Fora isso que o cão lhe quisera mostrar. Os miasmas da cidade encarcerada já começavam a afetar os habitantes. Era preciso que todos fossem avisados. Aquele lugar tinha de ser queimado, junto com os corpos, as roupas, tudo. O cão... Chico Pedro pegou a lamparina e se virou para ver se o bicho ainda estava ali, e estava. Teria de ser sacrificado, claro.

Porém, o que num momento era um cão, no outro se desmanchava em algumas centenas de ratos que guinchando correram por sobre seus pés, enchendo-o de horror e asco. O cheiro conhecido não era só de morte e de feridas abertas e apodrecidas, mas de ratos. Chico Pedro nem soube como saiu da casa. Havia esquecido o ferimento, as dores, a fraqueza. Estava fora dali num átimo.

Na rua, uma neblina densa avançava e ele empunhou a lamparina e saiu andando às tontas, mal sabendo para onde ia, desde que fosse para longe. Só parou de andar vários metros depois, ainda respirando apressado, tentando alcançar num olhar o perseguidor invisível. Porém, ele não estava às suas costas, mas à frente. Uma forma humana bem distinta o aguardava, bem no centro do Largo da Forca.

Quando Chico Pedro ouvia falar que o lugar era morada de almas penadas, dos condenados que ali supliciados, jamais descansavam, não dava atenção. Sempre achou que a história era coisa de soldado frouxo, que se borrava por besteira e tinha medo do escuro.

— *Chico Pedro* — a voz voltou a falar-lhe, quase como quem reconhece um antigo companheiro. — *Venha.*

Se ele andou, não foi por não querer recuar, foi porque sabia que dali não conseguiria sair. Não enquanto não visse e falasse com quem o esperava. Não era a megera. Nem o cão. Mais parecia uma criança. Com uma horrível voz de velho. Seus passos o levaram ao mais perto que conseguiu aguentar. O ser tinha uma pele de cor indefinida, como se fosse muito suja, meio marrom meio cinza. Os olhos eram enormes e tinha profundas olheiras. A vivacidade deles expressava tal perversidade, que ficava hedionda sob os traços infantis.

— *Sabes quem sou?* — perguntou o menino.

Chico Pedro se deu conta do frio que sentia e de como parecia que, quando o menino falava, assim, tão perto, o frio aumentava. Mas não lhe diria o nome, não em voz alta. O menino não pareceu incomodado com sua decisão de se manter calado.

— *Tens olhado nos olhos da guerra por anos, hoje encontraste a fome e a peste. E, por certo, há dias em que olhas dentro dos meus olhos. Vês a morte? Ela que nada mais é que uma das minhas mãos? Mas não te quero. Não agora. Tenho muitos planos para ti. Muitas coisas que te quero ver fazer.*

Chico Pedro engoliu em seco.

— O que quer de mim?

— *Um negócio* — respondeu o menino. — *De fato, só quero te dar o que desejas.*

— O que vosmecê pode saber do que quero?

— *Um homem tão especial quanto tu...* — a voz o roçou em tom baixo, cheio de lisonjas. — *Ora, queres apenas o que mereces. Dinheiro, terras a perder de vista, o poder sobre homens, o respeito dos comandantes, o pânico dos inimigos. É o que queres, ou estou errado?*

Chico Pedro não respondeu.

— *Posso te ajudar* — garantiu o menino no tom de quem tem o poder que diz ter.

— Agradecido — respondeu Chico Pedro, embora temesse o que o outro faria se recusasse. — Mas não há o que a guerra não possa me dar.

— *E não hão de faltar guerras per aqui... Eu sei. Mas, veja, recrutar-te é símbolo do meu apreço, Chico Pedro. Afinal, tua crueldade já te fez meu desde o início; e te fará mais e mais meu até o fim desta peleia. E, nas próximas, continuarás a afundar no sangue, pois sei que te agrada tomar e arrancar aos outros o que queres. É preciso ser eu para gostar de um homem que usa a violência além da medida.*

— Eu nunca usei — defendeu-se Chico Pedro com firmeza.

— *Isso lá é verdade, mas somente com aqueles a quem queres ser igual, os que são "por enquanto" superiores a ti. Mas há tantos inferiores, não é? Todos esses negros e índios, e os malditos castelhanos. Não prestam para nada, não é? Mas podem te deixar rico, te encher o peito de estrelas. Queres?*

— Dizes que já estou danado. Não acredito em vosmecê. É o senhor dos mentirosos.

O menino não mudou seu olhar e inclinou a cabeça numa ternura que pareceu pavorosa a Chico Pedro.

— *É questão de tempo. Só tempo. Ma, esqueces que te olho aí dentro? Que vejo o que ambicionas e o que serias capaz de fazer para teres o que deseja? Não estou a te tratar como um qualquer, Chico Pedro. Estou te dando uma escolha. Já és meu. A pergunta é: queres ser um pobre diabo condenado ao inferno? Ou diabolicamente rico e estar sentado ao meu lado?*

Chico Pedro não podia saber o quanto de verdade havia no que o maldito falava. Porém, conhecia-se o suficiente para saber que não era santo. Por outro lado, desde quando matar negros era crime? Ou índios? Ou roubar e passar a fio de espada um ou outro castelhano? Era a vida por ali.

— *A diferença* — acrescentou o menino, que lia seus pensamentos — *é o gosto, Chico Pedro. O gosto.*

O maldito mente, mas não dá para enganá-lo. Ele sabe mais por velho, que por diabo. E Chico Pedro nunca foi de fazer muito mistério sobre quem era. Estava gelado, mas, de forma estranha por demais, parara de sentir qualquer pavor.

— Se já estou perdido, o que vosmecê ganha comigo?

— *Tuas vítimas, Moringue. Quero que me dês as tuas vítimas.*

O desejo na voz era quase palpável. O maldito também queria muito o que Chico Pedro poderia dar. Caso estivesse errado, o jovem major titubearia. Mas isso não aconteceu. Ambos sabiam que o menino estava certo.

— E eu ganho exatamente o quê?

O outro pareceu extasiado com a pergunta que já era quase uma resposta.

— *Um casamento de encher as burras. Mil homens ao teu comando e cinco mil correndo a ti ao teu menor chamado. Terras a perder de vista.*

O frio estava tão instalado em Chico Pedro que ele não o sentia mais, nem tampouco o ferimento, que parecia cicatrizar enquanto falavam. E estava gostando daquela conversa.

— Dizem que vosmecê fez negócio com Bento Manoel.

O menino franziu o cenho.

— *Por que meus outros negócios haveriam de te interessar?*

— Quero o que deu a ele — exigiu Chico Pedro.

Os olhos grandes do menino se embaçaram, mas ele sorriu.

— *Queres mudar de ladoo tempo todo e safar-te?*

— *Não quero que ele seja maior que eu quando estiver do lado em que estou.*

A satisfação do maldito foi visível.

— *Viverás muito mais do que ele. E te farei barão.* — O menino analisou Chico Pedro. — *Então, o que me dizes? Queres?*

— E se eu quiser ainda mais?

— *Farei de ti presidente desta província, mais de uma vez.*

Chico Pedro pesou a oferta. Pesou o inferno inteiro e também o céu.

— E estes teus que andam por aqui? Os que encontrei? Vão continuar a errar pela cidade?

— *A fome irá comigo. Não te preocupes, continuarás a ser o herói que provê o alimento desta capital. A peste, no entanto, terá de levar alguns com ela. Coisa pouca. Umas crianças pequenas, uma meia dúzia de soldados do arsenal.*

— Preciso dos homens. Não se pode fazer guerra sem soldados.

O maldito considerou, depois anuiu.

— *Que seja. E então, concordas com estes termos? Aceitas a minha oferta?*

A ansiedade da pergunta deixou Chico Pedro curioso. O tinhoso não sabia tudo dele? Não poderia lê-lo? Não estava perdido desde o início?

— Vosmecê mente! Eu posso sim achar salvação. O negócio não se refere apenas às vítimas que darei, não é? Ainda não pertenço a vosmecê.

O menino abriu os braços como se o tivessem pegado no meio de uma traquinagem.

— *Somente usei a lógica. Mas, se quiseres, dou-te um tempo para pensar.*

— Até quando?

— *Até tua próxima ação. Faremos o seguinte: quando estiveres lá nela, hás de encontrar um menino, um que tem as feições que vês agora. Ser-te-á fácil reconhecer o moleque. Se o protegeres, estarás perdido para mim. Ele acompanhará e mudará tua forma de ver as coisas. Será com dificuldade, mas tu perderás o prazer que sentes em guerrear e matar. Não hás de casar bem, nem serás rico ou importante. Não serás infame, mas tua glória perderá o brilho com os anos. No fim da vida estarás esquecido por todos, menos por esse menino. Ele há de cuidar de ti, mas tu não morrerás muito velho e nem pela "minha" morte. Deixarás para ele, como herança, somente o teu nome, e até este será destituído de qualquer valor. Contudo, isso porá tua alma tão longe de mim quanto for possível.*

Chico Pedro baixou a cabeça. Ficou, por um longo instante, contemplado aquela vida.

— *Podes, porém, aceitar minha oferta e ser grande no valor do teu nome, ser temido, ser ricaço de terras, dinheiro e gado. Se é isso que queres, então, tudo o que tens a fazer é matar o menino.*

— Hã?

— *É como assinarás teu pacto: matarás o menino desarmado. Então, saberei que devo te proteger e ajudar.*

Chico Pedro ainda pensava. A cabeça baixa, sem encarar o olhar do maldito que o lia.

— *Pense...*

A insinuação tinha um jeito de partida. O tinhoso iria embora e lhe deixaria a decisão. Trouxera-o até ali, tentara enganá-lo e depois dava-lhe uma escolha. Não imaginava o que outro homem em sua situação faria. Será que Bento Manoel havia mesmo feito um negócio assim? Quais teriam sido os termos? Ou será que não? Que aquela era outra das insinuações mentirosas do maldito? Perguntou a si mesmo se precisaria da ajuda do tinhoso ou se a guerra poderia ser o pai e a mãe de seu cabedal. A lamparina em suas mãos apagou-se e ele a deixou cair no chão com um barulho de lata. Já viera até tão longe... Não sabia o que outro homem em sua situação faria, mas sabia o que Chico Pedro faria.

Ergueu a espada usando toda a força que conseguiu juntar e degolou o menino à sua frente. Para que esperar?

***

Chico Pedro morreu aos 80 anos. Rico, temido, odiado, respeitado. Porto Alegre lhe foi grata, mas não a província, da qual nunca foi presidente. Teve também sua dose de esquecimento, mas ela veio pela idade e não pelos feitos. Era difícil associar o velho de bengala ao impiedoso Moringue. Nos últimos anos, costumava descer a rua da Praia e sentar em um banco na praça da Harmonia para olhar o rio. Não foi uma nem duas vezes que algum conhecido, querendo ser engraçado comentou.

— Este já foi o Largo da Forca, Barão. O senhor não tem medo de alma penada?

A resposta era invariavelmente a mesma.

— Elas é que devem me temer, rapaz. Elas é que devem me temer.

Era uma coisa muito ruim e escura, que parecia caminhar em torno do menino.

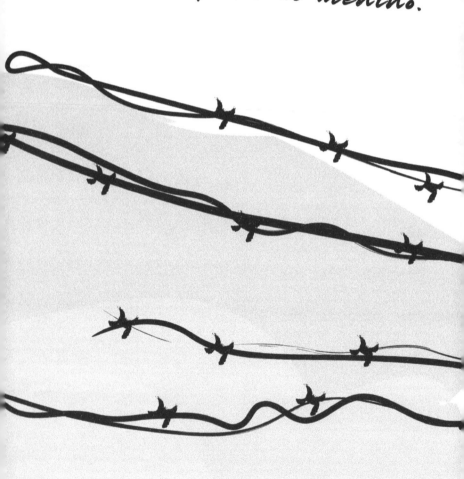

IPIFÂNIO

A lgumas palavras entram em nossos ouvidos carregadas de tanta força que mais parecem imagens completas que chegam aos olhos. Foi assim na primeira vez que ouvi o nome dele. Ipifânio. Era diferente. Como também era o rapaz que eu via passar pela frente da nossa casa vez por outra, quando eu era bem pequena. Tudo aconteceu uns meses antes de virmos morar na cidade, e eu devia ter uns seis ou sete anos. Lembro-me da casa de janelas aprofundadas, sempre fresca, com uma claridade mediada por sombras. Eu gostava imensamente daquelas janelas. Sentava no parapeito e pulava fora de casa sempre que podia. As portas eram para os adultos e não incluíam crianças e gatos. "Vai ficar baixinha, menina que pula janela." Eu ria das palavras da minha avó. Quem disse que queria crescer?

Recordo ainda daquele verão e o que aconteceu nele. Teve muita chuva. Tanta que na minha memória tudo parece cinzento e enlameado. Morávamos no meio de um campo que se elevava logo atrás da nossa casa, nos protegendo do vento, mas sem atrapalhar muito a vista. Tinha um cinamomo bem em frente à casa, onde meu pai havia colocado um balanço que só eu usava porque o irmãozinho que nasceu depois de mim não vingou. Mais adiante, ficava o tambo e, para trás da casa, o galinheiro e a horta. Depois das roseiras da mãe, o terreno começa a descer. Eu só tinha permissão para ir até as touceiras de madressilva e ganhei um puxão na orelha e várias ameaças de varadas o dia em que tentei ir além dessa fronteira. Para baixo, ficava o Banhadão, onde tinha um sumidouro. Eu tinha calafrios em ouvir falar do sumidouro. Uma parte do banhado tão encharcada que o barro podia engolir as coisas. Sabia dos meninos que iam lá jogar pedaços de madeira ou sapatos roubados dos desafetos. Uma vez, soube que jogaram lá um cachorro, e o bicho não mais saiu. Os adultos comentavam de vacas e ovelhas que se perdiam por lá. Um vizinho contava que havia perdido sua melhor égua, que, num dia de chuva, errou o caminho e afundou no sumidouro. Falavam de anos depois aparecerem por ali os ossos secos dos bichos perdidos.

Numa daquelas tardes quentes, eu estava sentada no parapeito da janela, vendo a garoa fina e deixando o vento roçar nas pernas e braços para amenizar o calor mormacento. Comia um pêssego amarelo que a mãe tinha descascado, quando o Ipifânio passou. Não era a primeira vez que eu via aquele menino. Ele sempre passava por ali, tocando uma tropilha de vacas de leite para pastar nos campos bons de cima da coxilha. Tinha uns olhos pequenos e assustados e parecia novinho, ou, talvez, fosse um jeito de criança que, mesmo mocinho, ele ainda tinha. Fiquei curiosa.

"Vivem sós, pra baixo do Banhadão, ele e a mãe velha", contou meu pai quando eu quis saber. A pergunta seguinte — reconheci assim que terminei de falar — não era para ser feita. Perguntei do rosto dele, tão diferente, dos olhos assustados, das mãos nervosas. Meu pai não respondeu logo. Tirou o machado do cepo e colocou outra acha de lenha. Rachou. Tirou o machado e pegou outra acha. Desceu nela a lâmina e só depois de parti-la ao meio voltou a me olhar. Pareceu um tanto surpreso por eu ainda estar ali e não ter ido perguntar para a mãe. "Ele é meio bobo", disse ajeitando mais uma acha de lenha.

O jeito que meu pai falou, mais que a palavra, ficou zanzando na minha cabeça até eu correr dali, cheia de culpa. Num instante, eu estava escondendo minha vergonha dentro do quarto e achando todas as paredes da casa grandes demais para mim. Lembro-me da sensação de aperto nas bochechas e frio na barriga, uma mistura de fome e vontade de fazer xixi. Tinha uma pena imensa do menino que era meio bobo e nunca cresceria. Fiquei com vergonha da vida que eu ia ter, ficando moça, enquanto ele continuaria a tocar as vacas, sem parecer se dar muita conta disso. E quando a mãe velhinha morresse? Culpa e pena, culpa e pena. Mas, aprendi naquele dia, isso era coisa que não se falava, que não se dizia.

Fiquei longe da janela por dias seguidos. Então a chuva deu uma trégua, e voltei a me empoleirar no parapeito com uma boneca que gostava de imaginar que podia tudo. A manhã tinha despontado num bafo quente. "Sinal de chuva", comentou minha mãe enquanto abria a casa tentando secar a umidade. Ouvi os mugidos das vacas e, de longe, era possível vê-las subindo da várzea para o alto da coxilha. Eram lentas, e Ipifânio vinha no mesmo tranco, batendo e batendo seu pauzinho de toque no chão. Ele não via muito do que tinha à sua volta e se assustou com os cumprimentos que lhe dirigiram meus pais. Olhava por cima dos ombros como se alguma coisa estivesse logo atrás dele.

Não entendo bem o que aconteceu, pois, quando devia ter corrido, parei e, em vez de baixar a cabeça e procurar alguma coisa no chão, fiquei vendo Ipifânio passar olhando de um lado para o outro, tentando respirar. Tinha um medo com ele. Eu sentia. Era uma coisa muito ruim e escura, que parecia caminhar em torno do menino. Respirei fundo, e um cheiro esquisito trazido pelo vento entrou queimando pelo meu nariz. Ipifânio espantava o que o perseguia, batia as mãos no ar para acertá-lo, às vezes gritava. Ninguém via que o garoto lutava. Davam-lhe sua pena. Era meio bobo, diziam. Não haveria ninguém a acreditar se ele contasse. Nem acreditariam em mim.

Eu tinha de ter corrido, mas minhas pernas não queriam o que a cabeça queria. Fiquei na janela, olhando. Conseguia ver, mas também não conseguia. Talvez visse e não pudesse definir exatamente. A memória não me ajuda agora. Por

vezes pareço me lembrar de uma sombra fumacenta, cinza-
-escura e amarelada, como um sorriso mau.

As imagens de Ipifânio, no entanto, estão nítidas como
se eu o visse ainda agora, movendo a cabeça, batendo com
os pés. Ele deu um berro que me fez recuar. Cambaleou para
a frente uma vez, duas, depois tombou para um lado e para
trás. Fiquei me segurando à beirada da janela, esmagando a
boneca entre os dedos, enquanto Ipifânio chorava baixinho,
sem pedir ajuda. Inclinei o corpo para fora, uma parte de
mim querendo ir ajudar, e uma coisa sussurrou no meu ouvido, erguendo o meu cabelo. Gritei alto. Um berro horrível.
De dar medo em quem ouviu. De dar medo até na memória.

Correu meio mundo a me acudir. Chorei muito, tentei
contar. Pedi para ajudarem Ipifânio, pois tinha uma coisa
em volta dele. Que ele não era bobo, ou era, mas estava com
medo. Eu tremia de um pavor que não passava. Os adultos
não me entenderam. Se eu não tinha me machucado, que
gritaria era aquela? Ipifânio estava o mesmo de sempre.
Levei umas broncas da mãe para me aquietar. Como não
funcionou, veio chá doce com um pedaço de marmelada
para controlar o choro sem paradeiro. Minha avó sugeriu
que eu rezasse e lá fui eu. Mas, meu erro, rezei por mim
mais que pelo Ipifânio. Pedi para não ver mais nada, ser
protegida e não ficar com tanto medo.

Depois passei calada o resto do dia, andando pelos cantos da casa, sentindo o coração e o corpo apertados como
o céu em que a chuva ia chegar. Mandaram-me deixar de
ser boba e me deram mais doce, prometeram até uma be-
xiga quando fossem à venda. Fui me acalmando. Antes da
chuva, chegou a viração. A mãe correu a recolher a roupa,
e o pai para guardar as galinhas, a vó ia fechando a casa
e benzendo o temporal queimando raminho bento. A chuva finalmente chegou e lavou tudo. Ganhei bolo frito e fui

feliz até ouvir Ipifânio tocando as vacas de volta, descendo a coxilha. Voltei a me encolher, e o pai ficou com pena. Pegou o chapéu e saiu, oferecendo ajuda. Voltou molhado e entristecido.

"Parece que nos dias de chuva ele fica pior, o coitado", comentou, "não me deixou ajudar com as vacas."

Tentei fazer bico, mas minha mãe me deu uma olhada impaciente e fiquei quieta. A vó perguntou se eu queria ajudar a fazer uma boneca de pano com uns retalhos e o mundo ficou colorido. Fui juntar restos de macela para minha bonequinha nova. Seria pequena, avisou a vó, pois tinha pouco tecido. Não importava. Era uma boneca nova e eu queria botões pretos para os olhos e a cabeça de baeta marrom. Minha mãe deixou cortar um tiquinho de um lenço velho para fazer uma boca vermelha. O cabelo foi o que deu mais trabalho. Não tinha nenhum resto de lã em casa. Para manter minha distração, até meu pai ajudou. Foi até o galpão e pegou uns chumaços de pelego, e passei o resto da tarde transformando os chumaços em fios para a boneca de cara marrom ter cabelo branco. "Vai ser velhinha que nem a vó", comentei.

A noite veio e a mãe serviu a janta, comemos sopa como de costume, e eu já tinha uma boneca quase acabada me olhando da cesta de costura da minha vó. Ajudei a mãe e a vó com a louça, mas não ganhei meu desejo de ver a boneca pronta. "Muito escuro para costurar, menina", disse a vó enquanto acendia uma vela no oratório. Assim que terminamos a limpeza, a mãe e a vó se ajoelharam para rezar. Eu não sabia nada daquelas palavras, ditas por elas como se as soubessem desde o início do mundo.

Minha vó me puxou e colocou ao lado delas para aprender. Fiquei ouvindo os murmúrios das duas misturados ao som da chuva e achei que toda a reza devia ser algo triste.

Então, pensei no Ipifânio e no que tinha sentido naquela manhã. Fiz o que pude para imitar minha mãe e minha vó, que eu achava tão poderosas. Eu não tinha tanto poder. Era pequena. Adormeci.

Quando acordei, a casa estava num tal silêncio que nem parecia que tinha amanhecido. Olhei para fora, era um dia cinzento e molhado, a chuva já tinha se ido. Saí da cama e fui andando até a cozinha. Meu pai e minha mãe não estavam lá, e algo pesava na ausência dos dois. Não havia nenhum som fora da casa que indicasse aonde tinham ido. Na minha lembrança, não havia canto de pássaro nem som de bicho algum. Só o fogo ardendo no fogão à lenha, o cheiro de leite quente e minha vó na janela, com um terço nas mãos.

"O que aconteceu, vó?" Ela me olhou e sorriu pequeno. Foi até a cesta de costura e trouxe de lá a boneca pronta. Esperou que eu me alegrasse e comentasse da boneca. Esperou que agradecesse e começasse a falar do vestido novo que faríamos para ela quando tivesse outro retalho. "Cadê o pai e a mãe, vó? Aonde eles foram?" Minha avó olhou longamente para mim, e a expressão *olhos de velha* me ficou junto com a dor que eles carregavam. "Seu pai e sua mãe foram ajudar os outros", disse indo ao fogão e pegando o bule escurecido e amassado que estava sobre ele. "Acho melhor vir tomar seu leite."

Na minha memória, corri para fora da casa, como se já soubesse. Senti os meus chinelos afundando no barro e só parei quando cheguei ao lado da última touceira de madressilva. Havia muita gente andando lá para baixo, pelo Banhadão. Uns a cavalo, outros com pedaços de madeira que iam cravando no barro, procurando, palmilhando, como se dizia. Não acharam nada. O rastro do Ipifânio e de suas vacas acabava pouco antes do sumidouro.

A CASA ESTÁ
CHEIA DE
SOMBRAS.

IMAGEM
INVERSA

A campainha estridente do telefone rasgou a semiescuridão do apartamento. Marielena reagiu num movimento de susto e demorou alguns toques para controlar a raiva de ser incomodada e tirar a mão de sob as cobertas para atender. Mantinha os olhos fechados, mas sem a máscara de dormir, apenas para ter a noção de quando era dia e de quando chegava a noite. Quando não havia nenhuma luz, por vezes, era seguro abrir os olhos.

— Hum? — não se preocupou em dar um alô tradicional. Não se importava com quem era nem com o que pensaria a pessoa do outro lado da linha.

— Marielena? — a voz era do Luzardo, seu chefe. — Desculpe, menina, mas preciso de você.

Ela deixou a pausa no fim da fala dele se alongar até que chamasse por seu nome novamente.

— Marielena? Está ouvindo?

— Eu estou de laudo — respondeu com a voz rouca.

— Eu sei. — O tom era de desculpas, mas não de mudança de planos. — Vou mandar um carro te buscar. — Ela reconheceu a ansiedade nas palavras dele. Estava fumando e baforando junto ao bocal do telefone.

— Luzardo, eu estou — foi colocando pausas deliberadas entre cada palavra — no meio de uma puta crise.

Um suspiro do outro lado.

— Eu sei. Desculpe. Só que, neste momento... bom, eu acho que a sua crise é bem-vinda. Preciso de você.

— Porra, Luzardo! Eu estou doente! — berrou mais uns palavrões antes de parar, pensando em como quebraria o telefone.

— Marielena. — Ele se esforçava por parecer persuasivo. — Falo sério. Vou repetir: preciso-de-você. E da sua doença também.

Ela apertou os olhos com força. Sabia que Luzardo não

a chamaria por uma besteira qualquer. E não precisava ser um gênio para sacar o tamanho do problema só pelo tom de voz dele.

— Qual foi a merda?

— Assassinato. Coisa feia. Preciso de vo... melhor, preciso dos seus olhos, Marielena.

Deixou longos segundos passarem. Podia ouvir os passos inquietos dele do outro lado. Nunca conseguia falar ao telefone sem caminhar. Ansioso, então, Luzardo poderia andar quilômetros. Esticou a mão que não segurava o telefone, pegou os óculos escuros que estavam na mesinha de cabeceira e os colocou no rosto.

— Quanto tempo tenho até o carro chegar? — Sabia que não era algo para dali a algumas horas ou dias. Tinha cena de crime, isso significava que ela precisava ir logo.

— Já despachei daqui. Eles vão aguardá-la na frente do seu prédio. Enviei a Clara, junto com os rapazes, caso você precise de ajuda para se vestir, essas coisas.

— Não. Tudo bem. Eu me viro sozinha.

— Certo. Eles avisarão ao porteiro quando chegarem aí. A Clara pode subir até o seu apartamento se você precisar de ajuda.

— Tá, tá — dispensou, incomodada.

— E... obrigado, Marielena.

Ela resmungou uma resposta qualquer e desligou o telefone. Estava frio fora das cobertas, mas sair da zona quente e confortável de sua cama não era o que havia de pior. Sentar na cama, isso era o que havia de pior. Mudar o sentido em que o corpo estava orientado, aguardar os longos minutos para que passasse o incômodo, para só então, lentamente, algo que lembrasse terra firme se instalasse sob os pés.

Os olhos permanentemente fechados ajudavam no processo, mas não eram garantia. Marielena não era cega. Era dependente dos olhos como boa parte das pessoas típicas. O problema é que, durante as crises, não havia como confiar no que seus olhos viam. Ou, como o médico lhe explicara, os olhos viam corretamente, era uma maldita parte do cérebro que deixara de interpretar do jeito certo as imagens que recebia. Maldita era por conta dela.

Devia ter ficado sentada na cama uns dez minutos quando virou o corpo e colocou os pés no chão. Permaneceu nessa posição um tempo maior. Apoiou a mão na barra, que fora adaptada ao lado da cama, para que pudesse se erguer. O processo de ficar em pé era quase tão ruim quanto sair da horizontal para sentar. Tinha achado a barra por saber onde estava, pois seus os olhos se mantinham apertados.

Vai ter de escolher uma roupa, mulher. Vai ter de andar e estar com as pessoas. Coragem. Rosnou. Te odeio, Luzardo. Vou denunciar você para a corregedoria.

Negue-se, sugeriu uma voz dentro dela. Marielena ignorou.

Estendeu a mão esquerda e pegou a bengala que a ajudava a manter o equilíbrio. Agora, teria de ir até o guarda-roupa. O processo foi longo e penoso, pois, mesmo sem olhar, as imagens potenciais do mundo a sua volta entravam pelas janelas da mente. Só que não da maneira correta. Entravam como certamente ela as veria se abrisse os olhos. O médico disse que era seu medo que causava isso.

É claro que é medo, porra! Queria ver se fosse ele que tivesse crises em que tudo o que via aparecesse invertido.

— Todos nós vemos assim, Marielena. — A voz do médico ancião que ela consultava tinha o tom de quem se explicava para crianças o tempo todo. — Nosso cérebro é que faz o serviço de desvirar as imagens.

— E por que a merda do meu cérebro não está trabalhando direito?

— É uma condição rara, mas veja bem, seu caso não é permanente. São crises acionadas por estresse, ansiedade ou cansaço.

Ela riu.

— Sabe qual é o meu trabalho, doutor?

Ele suspirou.

— Sei, minha cara. O que posso dizer? Não há cura. O tratamento é paliativo, e ficamos à mercê das descobertas científicas. Até lá, terá de aprender a lidar com isso.

Oftalmo cretino! Será que estaria tão calmo assim se a *condição rara* fosse com ele? Que nada. Estaria rasgando o rabo tentando achar um jeito de não virar um zumbi dentro de uma casa escura, isso sim.

Tateando, ela escolheu uns jeans, um par de coturnos que dariam bastante estabilidade aos pés, camisa, suéter e um jaquetão grande e impermeável, cuja cor amarela extravagante queria deixar bem claro que ela não estava indo trabalhar por vontade própria.

Vestir-se era outra dificuldade, pois exigia várias mudanças do ângulo do corpo. Talvez devesse esperar por Clara e ser ajudada. Talvez devesse aceitar que as crises a deixavam inválida. Talvez devesse mandar Luzardo à merda e voltar para a cama. Sentou-se e começou a se vestir na medida em que as imagens toscas que o cérebro fabricava permitiam.

Estava respirando após colocar o segundo coturno quando o interfone tocou. Era o porteiro, certamente. Três toques e ele desligou, conforme tinha sido orientado, pois ela se movia lentamente nas crises. O celular apitou uma mensagem.

Já sei. Já sei. Chegaram.

Levou mais meia hora para descer. Precisava escovar os dentes, mas teve de deixar de lado o batom que a faria se sentir mais saudável. Sozinha, não teria a menor condição de se maquiar. Afofou e desamassou o cabelo afro com a ajuda de um pente garfo e os dedos úmidos da água da torneira. Felizmente, a cabeleira não exigia mais do que isso para ficar ótima.

Conseguiu fechar a porta e chegar ao elevador sem precisar usar os olhos. Porém, marcar os botões para descer era impossível. Não tinham alto-relevo nem marcas para cegos. Marcas que ela, é claro, não saberia reconhecer. Não tinha treinamento para isso. Arriscou abrir as pálpebras um mínimo, implorando intimamente para que seu protetor a ajudasse e que a crise estivesse menos severa.

Estava tudo virado. Usou toda a concentração possível para apertar o T invertido e voltar a fechar os olhos antes que os botões começassem a flutuar na sua frente. Essa era a segunda parte do problema. Talvez pudesse se acostumar a se mover em um mundo invertido, onde o teto estaria aos seus pés. Porém, depois de alguns instantes o cérebro já não segurava as imagens em lugares fixos e elas começavam a dançar a sua frente, por vezes se recombinando de formas esdrúxulas, por vezes navegando em sua direção como se a atacassem.

Era o que normalmente ocorria com a imagem das pessoas. Reconhecia o início das crises, quando alguém parecia estar tão perto dela que a única reação era um empurrão ou um soco, dependendo do quanto sua cabeça a fizesse se sentir ameaçada.

Marielena nada tinha de fraca ou mesmo delicada na sua constituição. Era uma mulher que impunha respeito. Isso tornava seus ataques bem perigosos para quem estava por perto. Mais ainda para os que desconheciam as condições que a faziam reagir. O isolamento nas crises era uma segurança para ela e para os outros.

Entretanto, já por duas vezes, no princípio de crises, conseguira ver o que ninguém via. Coisas óbvias que estavam ali, nas cenas de crime, mas ninguém as podia distinguir, a não ser ela. E conseguia fazê-lo porque a tal coisa flutuava de seu lugar escondido e vinha até a sua frente, bater-lhe na cara, como quem diz: Olhe, acabei de furar essa criatura oito vezes, estou limpa, veja, mas sinta o cheiro, veja no detalhe, pois o sangue ainda está aqui.

O elevador parou num solavanco e as portas se abriram. Assim que ela começou a sair, o porteiro correu para o seu lado e a segurou pelo braço. Era mais baixo que ela e fora orientado a ficar um pouco atrás, sem estar diretamente no seu campo visão.

— Tudo bem, inspetora? — Ele não deu tempo para ela responder. — Os homi tão esperando a senhora aí fora. Eu disse que fazia dias que a senhora não saía. Que eu é que ia levar comida e tudo, mas eles disseram que iam esperar.

— Eu sei, Aldo. Eles me chamaram para trabalhar.

— Não acredito!

— Pois é. Nem eu.

Ele a ajudou a chegar até a porta da frente do prédio e a abriu para ela. Pela claridade que chegava às pálpebras fechadas e protegidas pelos óculos escuros, Marielena julgou ser um dia nublado. Havia vento e cheiro de umidade subindo do chão.

Ouviu o barulho das portas do veículo abrirem e os passos de duas pessoas em sua direção. Deviam estar usando a lâmpada da sirene para conseguir estacionar bem na frente do prédio àquela hora. Um instante depois, as mãos pequenas da Clara e as grandes de um homem a seguraram com cuidado.

— Pode deixar que nós a levamos. — Marielena reconheceu a voz de André, um dos caras mais antigos e respeitados da DP, obviamente escolhido a dedo para o caso de ela mudar de ideia. Se André pedisse ajuda, seria mais difícil recusar.

— O Luzardo se empenhou, hein? — comentou se referindo à presença de André, o homem a quem ela creditava ter-lhe ensinado tudo o que sabia sobre o serviço.

— Isso se chama fé, Marielena — respondeu André. — Fé em você. Como você está se sentindo?

— Só o bagaço, o que você acha? Estou andando quase arrastada. Vou cobrar essa do Luzardo com juros!

— Por que veio, então? — A pergunta de Clara não era contra Marielena, mas contra o fato de ela ter atendido ao pedido do chefe.

Marielena quase deu meia-volta. No entanto, sabia bem por que viera.

— Porque o Luzardo acha que essa merda toda que eu estou passando pode ajudar a pegar um criminoso. É um jeito de não ser inútil.

— Você não é inútil — disse André num tom carinhoso.

— E você é o cara legal da DP que recebe um terço a mais de salário só para ensinar os iniciantes e manter o moral da velha guarda.

André riu, ajudando Marielena a entrar no carro.

— Exatamente. Deixe-me honrar meu salário de marajá.

— Oi, Mari. — O cumprimento veio do banco do motorista.

— Oi, Walter. Precisou mandar três, é?

— Vim como voluntário. Dirijo decentemente nesta cidade, coisa que o "gente fina" e a senhorita "sai da frente que eu tô passando" aqui não sabem.

Walter era um piadista por natureza. Aliviava qualquer ambiente e, com certeza, viera com a intenção de diminuir a tensão durante o trajeto. A doença permitira a Marielena conhecer o pior e o melhor de alguns colegas. Luzardo tinha selecionado o que havia de melhor.

O trajeto foi longo por conta do movimento àquela hora do dia, mas serviu para que Marielena se atualizasse. Os colegas estavam engajados em fazê-la sentir o mínimo de desconforto e ela realmente agradecia por ter Walter na direção. Cuidadoso, lento para a maioria das ações, ajudava bastante para que o cérebro não ficasse criando imagens vindo em sua direção. No banco de trás, os outros dois colegas praticamente sustentavam o corpo dela. André ia comentando o dia a dia do trabalho, Clara pontuava alguns casos que haviam estourado nas últimas duas semanas.

Depois de um tempo, Marielena perguntou sobre o crime.

— O Luzardo acha que é coisa de serial — disse Clara.

— É o sonho dele topar com um.

— Se nenhum encontrar ele antes — resmungou Walter. — O Luzardo é um carreirista de merda.

— Ao menos é um carreirista de merda competente — defendeu André. — Já tivemos nossa cota de carreiristas que não valiam nem a merda que faziam.

Ah, as velhas histórias. Marielena não queria entrar nelas naquele momento.

— Quantos mortos? — quis saber, voltando a se concentrar no caso.

— Um só — respondeu André, segurando-a firmemente durante uma curva.

— Homem ou mulher?

— Homem.

— Quando você é lacônico assim é porque a coisa foi realmente feia, André. Por que o Luzardo acha que é um serial?

— O assassino não poupou ódio.

— Nem detalhes — juntou Clara com asco na voz.

Marielena não demandou os tais detalhes. Os colegas e ela sabiam que seria mais eficiente se seus olhos fizessem o serviço de ver a cena do crime sem preparação prévia. Walter perguntou se podia ligar o rádio e ela concordou. A música a ajudaria a estabilizar enquanto eles se afastavam das avenidas asfaltadas do centro e entravam nas ruas mais estreitas e de pavimento irregular.

André lhe informou o bairro e as condições da denúncia anônima de que tinha um cadáver na casa. Nas imediações, ninguém parecia ter ouvido ou visto nada. Tratava-se de uma casa desabitada havia alguns anos. Os donos tentavam vendê-la e não conseguiam. As tentativas de aluguel não passavam de alguns meses. O último contrato longo tinha sido havia mais ou menos cinco anos.

— Quem era o inquilino?

— O pessoal da DP está pesquisando — respondeu Clara —, mas o nome sugere uma microempresa sem registro.

— Uma empresa fantasma?

Clara confirmou.

— Algum sem-teto por lá, nesse período de abandono? — perguntou Marielena.

— Não encontramos nenhuma indicação disso — afirmou André. — O que não quer dizer que não possa haver gente assim implicada...

— Fala sério, André — interrompeu Clara. — O lugar é muito sinistro, Mari. Acho que ninguém com a cabeça boa ficaria por lá. Mesmo um sem-teto iria atrás de alternativas melhores.

— Não exagera, Clarinha — disse Walter manobrando para estacionar.

— Eu juro que preferia uma marquise qualquer que esse lugar aí. Avalie você mesma, Mari. Digo... bom, é, vamos ver o que os seus olhos nos contam.

— Pode também — continuou André como se não o tivessem interrompido — ser o resultado de alguma disputa de território por gangues.

Walter desligou o motor do carro.

— Vamos ver o que a Mari encontra. Chegamos.

Marielena aguardou que André e Clara a ajudassem a descer do carro. Sentiu o cheiro de terra úmida e o vento gelado no rosto. Foi só então, de frente para a casa, que ela tirou os óculos escuros e abriu os olhos.

Apoiava-se no nada o teto em cunha de uma casa velha, cuja pintura rosa estava descascada e misturada com o tom da terra que a cercava pelo alto. Marielena fechou os olhos e tentou recolocar a imagem no lugar correto, o chão embaixo, o teto em cima. Seu cérebro não parecia querer ajudar na tarefa. Vários objetos começaram a flutuar e ela abriu novamente os olhos. Testaria até onde aguentasse.

A casa tinha uma pequena varanda e uma janela na parte da frente. A porta marrom estava escancarada, e podia-se ver o movimento das pessoas lá dentro. Do lado de fora, policiais mantinham os curiosos longe do minúsculo pátio de entrada e cercavam o terreno pelos fundos, isolando a área.

André e Clara auxiliavam-na a se manter em pé, porque ver as coisas daquela maneira afetava fortemente seu equilíbrio. Quando ela insinuou um passo, eles sustentaram-na para caminhar. Ainda assim, ela se mantinha firmemente apoiada na bengala. O esforço de decodificar a visão invertida era extenuante e, quando parecia conseguir, os objetos começavam a se desprender e flutuar, parecendo avançar para ela à medida que caminhava.

Havia, entretanto, uma diferença das outras vezes. Marielena parou de andar para apreender bem o que via. Eram sombras envolvendo os objetos? Piscou várias vezes, porém as sombras se mantiveram. *Que ótimo!*, ironizou para si mesma. *Mais uma idiossincrasia da doença. Sombras.*

Continuou a caminhar. Queria chegar logo até a cena do crime, contribuir e ir embora. Seus pés lhe informaram que estava subindo as escadas da pequena varanda e um Luzardo de ponta-cabeça veio atacá-la na porta. Ela fechou rapidamente os olhos. Não, o homem não vinha para atacá-la.

— Tudo bem? — Ele pulou o cumprimento, reagindo com preocupação à forma como ela rechaçara sua aproximação.

Ela negou com a cabeça e elevou a mão num pedido para que ele se afastasse.

— Quer que eu ajude, Luzardo? — disse para ele com uma ponta de raiva. — Não fique na minha frente e mande as pessoas saírem daqui. Lido melhor com coisas do que com gente.

O chefe nem titubeou.

— Certo, certo. Vocês ouviram a inspetora — disse ele em voz alta. — Sai todo mundo daqui!

Alguns protestos, mas ele reafirmou a ordem, e o resto do trabalho seria completado depois. Marielena sentiu várias pessoas passarem por ela rumo à porta. Algumas a cumprimentaram, outras passaram reto e rápido. Medo da aberração. Medo do contágio. Não era difícil compreender as atitudes delas.

Quando Luzardo voltou a falar, a voz saiu de um ponto trás dela.

— Tudo certo, Marielena. Não tem mais ninguém aí dentro.

Com os olhos ainda fechados, ela apoiou a bengala e deu um passo para dentro da casa. O cheiro de sangue era forte.

— O corpo está na sala? — perguntou franzindo o nariz.

— Na cozinha, mais ao fundo — informou Luzardo.

— Tem sangue na sala?

— Estamos investigando. Aparentemente não.

— Não estão sentindo o cheiro aqui, Luzardo? Tem sangue nesta sala!

— Certo. Vou mandar o pessoal da perícia investigar. Mas você pode estar sentindo o cheiro que vem da cozinha, não?

Marielena abriu os olhos. A sala apareceu invertida e escura com sua única janela semiaberta e cheia de quebras na veneziana marrom. Havia uma porta fechada num dos lados da sala. As sombras se alongavam e logo começaram a fazer os objetos flutuarem diante de sua retina. Não havia muitos móveis. Uma poltrona imprestável com o forro todo rasgado, uma mesa pequena, caída, com um pé quebrado. O teto, ou melhor, o assoalho de madeira marrom, gasto e cheio de furos. Uma parede escura de onde uns fios arrebentados saíam. Uma parte um pouco mais clara na tinta escura revelava que ali estivera um móvel com um computador.

Uma ponta de algo branco, quase imperceptível, saía de entre as madeiras.

— Ali! — Ela apontou para cima. — No... chão. Tem uma coisa.

Caminhou mantendo o dedo apontado para onde via sabendo que o que tentava mostrar estava provavelmente aos seus pés. Clara percebeu mais rápido que André e Luzardo. Correu à frente, puxou a pontinha branca e saiu com um papel na mão.

— É uma fotografia... Filho da puta! Olha isto aqui!

— O que é? — Luzardo correu até ela tomando a foto. André permaneceu sustentando Marielena. — Isso é...

— Pornografia infantil — disse Clara em alto e bom som. Era o tipo da coisa que tirava a colega do sério. — Olha só o que esse homem nojento está fazendo! Tem que capar um desgraçado desses!

Luzardo interrompeu a raiva da colega.

— Clara, eu ajudo a levar Marielena até a cozinha. Vai lá e manda o pessoal pegar umas ferramentas e arrancar esse chão. Quero saber se tem mais coisas embaixo do assoalho.

Enquanto ele falava, os olhos de Marielena continuavam a vasculhar a sala. As sombras a atrapalhavam, tapavam uns cantos, mostravam outros.

— O que tem atrás daquela porta?

— Nada. É um quarto vazio.

Marielena pensou que talvez os conceitos de vazio dela e de Luzardo fossem diferentes. Mas não pediu para ver o quarto. As sombras cobriam toda a porta e não havia sombras no corredor que levava ao interior da casa, por isso ela resolveu caminhar naquela direção. Luzardo e André a sustentavam. Passaram por uma porta. Ela parou e olhou. Era um banheiro.

Uma pia de pé invertida sobre um espaço vazio cujas marcas sugeriam um pequeno armário que havia sido arrancado. Um sanitário sem assento. A parte do chuveiro — reduzido a um cano — era delimitada por um minúsculo muro forrado com o mesmo azulejo do chão. Em torno, uns pedaços de cano de onde, no passado, deveria pender uma cortina.

— Tem sangue aqui — ela afirmou sentido as gotas de fluidos que se espalhavam por todo o local flutuando na direção dos olhos dela.

— O banheiro está limpo, Marielena — afirmou Luzardo, e ela respondeu com um resmungo tão mal-humorado que ele retrocedeu. — Certo, certo, vou mandar o pessoal passar o reagente aí.

A porta seguinte revelou um quarto com uma cama de madeira lá no alto. O colchão estava furado e rasgado. As sobras pareciam cobrir tudo o que não fossem manchas antigas em diversos pontos da cama e do quarto. Havia também um cheiro abjeto de bolor, fluidos e sangue, claro, sangue. Ela informou ao chefe.

— Marielena, essa insistência com o cheiro... é como se tivesse havido uma carnificina aqui. E nós só temos um corpo. Além disso, que eu saiba, não é o seu nariz que tem "poderes" especiais.

— Meu nariz passou a funcionar de outro jeito depois que meus olhos começaram a falhar. Esse cheiro está me arrebentando. Como vocês não o estão sentindo? É tão forte que chego a acreditar que estou vendo as manchas e respingos por toda parte.

André se aproximou do seu ouvido.

— Se estiver muito ruim para você, Mari, podemos sair — sugeriu atencioso.

Ela sentiu, por trás das costas, ele dar um cutucão em Luzardo e impedir o protesto do chefe.

— Tá, tá — concordou Luzardo. — Só nos ajude no que puder, Marielena. Tem condições de ir até a cozinha e ver o corpo?

Ela assentiu e continuou a andar em frente. Sua impressão é de que as sombras praticamente guiavam o que precisava ver, marcavam o que necessitava decodificar. Antes de chegar à cozinha, pôde ouvir o barulho dos outros policiais entrando na sala, a voz de Clara dizendo para levantarem o assoalho, o barulho da madeira sendo quebrada.

A cozinha estava clara. A luz do dia entrava pelas janelas amplas com basculantes de vidro martelado. De um lado estava um balcão de pia com tampo de inox de onde a torneira fora arrancada. Havia uma mesa ordinária escorada na parede. As pernas desta, que Marielena via viradas para cima, tinham marcas fortes, corroendo a madeira. O resto... o resto era apenas o inferno.

Do alto do raio de visão de Marielena, mirava-a o cadáver nu de um homem de meia-idade. Os cabelos rareavam na frente, e a barba de fios grossos e ralos cobria da volta do queixo até o fim do pescoço. O rosto estava deformado, não por hematomas, mas por pavor. Objetos diversos e perfurantes: duas facas, um facão e um cano prendiam os membros ao chão de madeira coberto por vinil imitando piso de cerâmica. O corpo tinha marcas de mordidas em que a carne fora arrancada, não para ser comida, pois os pedaços estavam ali, cuspidos e putrefatos, inclusive a genitália. A quantidade de sangue no chão era escandalosa.

A tortura devia ter seguido por horas.

— A perícia já apontou a causa da morte? — perguntou Marielena, levando a mão ao nariz e à boca.

— Ele perdeu muito sangue — respondeu Luzardo. — As artérias principais foram comprometidas, mas não deixei que mexessem muito antes de fazermos todas as fotos e de você poder vê-lo. Saberemos mais depois que o legista trabalhar.

Ela fixou o cadáver no alto de sua visão. Depois, sem tentar segurar as imagens que o cérebro lhe informava, deixou que os objetos da cena flutuassem. O sangue espalhado à volta dele parecia querer pingar sobre ela, mesmo já estando pegajoso e ressecado. As sombras foram lentamente aparecendo, mais poderosas que nos outros cômodos. Apontavam e se insinuavam por sobre o corpo.

— Chefe! — berrou uma voz vinda da sala.

Luzardo a confiou a André e foi atender ao chamado. Marielena continuou olhando o homem, o corpo torturado, o horror na expressão dele e as sombras. Elas se moviam. Não pareciam manchas vindas da sua condição visual, mas coisas que estavam ali como partes móveis da casa. Tinha a impressão de que não encontraria manchas se, naquele instante, olhasse para o lado de fora da casa.

Os cheiros a estavam nauseando quase tanto quanto as imagens, e precisou se escorar em André e fechar os olhos por um instante.

— Acho que já deu, Mari — disse o velho amigo num tom protetor. — Você já ajudou muito. Não precisa se esforçar mais que isso. Pode deixar que eu mesmo mando o Luzardo à merda.

— Tem mais aqui... — Ela mal reconheceu a voz com que falou. Era um grunhido saído de sua garganta, de um ponto em que o cheiro parecia alcançar o paladar e as imagens flutuantes da mente.

— Mais o quê, mulher? — A pergunta de André saiu num tom assustado. Marielena ouviu os passos rápidos que vinham na direção deles.

— Vocês não vão acreditar no que achamos lá na frente — informou Luzardo.

— Mais pornografia infantil? — questionou André.

— Pornografia? As fotos vão muito além disso. Olhe. — Estendeu um monte de fotos para André e elas passaram em leque na frente dos olhos abertos de Marielena. — Tem tortura, maus-tratos, violência sexual extrema. Não duvido que assassinato também.

— Os corpos estão no quintal — disse a voz esquisita de Marielena. Uma voz que ela não parecia controlar.

Contudo, à medida que falava, as imagens que não via iam se reorganizando com os fragmentos do que conseguira ver. No banheiro, aqueles pingos embolorados nos azulejos que eram sangue e sêmen. E o vômito das bebidas alcoólicas no estômago das crianças. No quarto, aquelas marcas na cabeceira e nos pés da cama, como se correntes tivessem roçado selvagemente por ali.

— Corpos de quem, Marielena? — Sentia que as mãos de André já não eram mais firmes em segurá-la. Ele tremia.

— Das crianças.

— O que está dizendo, Mari?

— Isto aqui é um abatedouro, Luzardo! — Como doía organizar aquelas imagens na cabeça. No entanto, sua voz continuava a falar como se a intuição da visão invertida, do que ouvira e cheirara, fosse a única realidade. — Estupro, tortura, morte.

— Não pode ser sua visão a dizer isso, Marielena.

— Mas não é isso o que as tais fotos que vocês acharam lá na frente estão apontando, Luzardo? — perguntou André.

— Sim, mas daí a afirmar que tem ossadas no quintal tem uma distância, não é? De onde você tirou essa ideia, Mari?

— Das sombras. Elas estão se acumulando por lá. Atrás dos basculantes que levam ao pátio.

— De que sombras está falando? — O tom de Luzardo misturava suspeita e estranhamento.

— A casa está cheia de sombras. Elas parecem moldar aquilo que eu tenho que ver. Analisem os fluidos do banheiro. Investiguem a cama. A história de horror desta casa não é esse cadáver.

Houve um longo silêncio, quebrado pelo barulho de madeira sendo arrebentada na sala e algumas exclamações dos policiais que faziam aquele serviço. Marielena continuou de olhos fechados, buscando equilíbrio entre a presença trêmula de André e a respiração cheia de dúvidas de Luzardo.

— Artur! — berrou ele.

— Sim, chefe — respondeu a voz vinda da sala.

— Consegue umas pás. Vamos cavoucar o pátio.

— Por quê?

— Talvez a gente ache as crianças das fotos — respondeu Luzardo num tom alquebrado.

A sala silenciou. Depois, Marielena ouviu uns palavrões e uns dois pares de pés saíram correndo da casa.

— Posso ir embora? — perguntou. Estava tonta, nauseada, com o frio se pegando nela como tentáculos gelados que iam da pele até os ossos.

A mão de Luzardo tocou o seu braço.

— Sua ajuda foi enorme, Marielena. Não poderia nos ajudar um pouco mais?

— Porra, Luzardo. Já deu, não é? — interferiu André, que tinha parado de tremer e a segurava com firmeza. — Acho que daqui por diante você pode fazer o *seu* trabalho sozinho, certo?

— Tudo bem, tudo bem. Desculpa, Mari. Vá para casa descansar. Obrigado por ter vindo.

Ela assentiu com a cabeça. Depois, lentamente começou a se virar em direção à porta da frente. Avisou que não ia mais abrir os olhos.

— Sem problema — disse André. — Eu te levo até o carro, não precisa ver mais nada.

— Marielena — chamou Luzardo, e ela pôde sentir a impaciência de André. — Preciso perguntar mais uma coisa para ela, André. Não me olha assim.

— O que é? — questionou Marielena.

— Você não tem nada para me dizer a respeito do morto?

Ela se virou e desta vez abriu bem os olhos. Passou pelo rosto invertido de André, a barba branca contrastando com a pele negra, e depois se fixou nos óculos de Luzardo, que pareciam prestes a cair do nariz aquilino.

— Você vai encontrar esse homem nas fotos — ela disse. — É ele que está na primeira foto que a Clara puxou lá do assoalho.

— Então, ele é que trazia as crianças para esta casa?

— Havia mais três homens que faziam isso.

— Como sabe?

— Estão nas fotos que você mostrou ao André. Deve começar a procurá-los enquanto estão vivos.

Luzardo sacudiu a cabeça.

— Está dizendo que foi vingança, certo? E que os outros acabarão sendo mortos por causa disso?

— Chame do que quiser, Luzardo. E sim, os outros vão morrer também.

— Não se nós pegarmos o assassino antes.

Marielena fez sinal de que voltaria a caminhar em direção ao carro.

— Luzardo, você não tem como pegar o assassino desse lixo que está no chão da cozinha. — A inspetora respirou fundo, segurando a náusea, e apertou o braço de André que sustentava o seu. — Ninguém tem.

Republica
Argentina
S.Borja
Itaquy
Rio Ybicuhy-Grande
Uruguayana
Alegrete
Rosario
Cruz
30°
NÃO
VOLTAR
do Uruguay
ESTADO
DO
RIO GRANDE DO SUL
Escala de 1:4.444.000
15°

Estado de

Santa-Catharina

S.Paulo da Lagôa Vermelha

Passo-Fundo

Rio Pelotas

Serra do Mar

Barra do Mampituba
S.Francisco de Paula de Cima da Serra
Lagôa de Itapeva
S.Christina do Pinhal
S.Antonio da Patrulha
Conceição do Arroio

S.Leopoldo

Estrella
Monte Negro
Taquary
L. do Barros
V. Triumpho
S.Jeronymo

PORTO-ALEGRE

Lagôa de Manoel Nunes
I.do Navão das Eguas

OCEANO

Dores de Camaquam

Encruzilhada
S.João de
Camaquem

V.de S.Simão

Boqueirão

ATLANTICO

Pelotas

Ilha dos Marinheiros
S.José do Norte
Rio Grande do Sul

Lagôa da Mangueira

a de Palmar

do Rio Chuy

fantasti CONTOS

Fantasticontos é a marca da nova série de coletâneas de contos fantásticos publicada pela Avec Editora. Esta série, produzida pela escritora Nikelen Witter, irá reunir contos inéditos e/ou esgotados em suas publicações originais, mas agora conectados em obras de personalidade totalmente autoral. Como na música, mesmo que você já conheça alguns desses singles, a série Fantasticontos te convida a conhecer agora os álbuns em que eles estão inseridos e te afirma: a experiência será excitante e diferente.

Com grande atenção ao design gráfico, os livros da série pretendem ligar o belo e o inspirador, ao texto sutil e desestabilizador da escritora, promovendo uma forma de leitura que quer aguçar seus outros sentidos. E, claro, te levar numa viagem fantástica!

Boa jornada!

Veja mais em:
nikelenwitter.com
instagram.com/nikelenw
facebook.com/nikelenwitterescritora
twitter.com/nikelenwitter
wattpad.com/nikelenwitter